Rosetta Loy

Die Pforte des Wassers

Rosetta Loy

Die Pforte des Wassers

Roman

Aus dem Italienischen von
Maja Pflug

Piper München Zürich

Die Originalausgabe erschien 2000 unter dem Titel »La porta dell'acqua« bei Rizzoli in Mailand.

Von Rosetta Loy liegen bei Piper außerdem vor:
Im Ungewissen der Nacht
Straßen aus Staub
Winterträume
Schokolade bei Hanselmann
Via Flaminia 21

ISBN 3-492-04296-1

Gesamtherstellung: Clausen & Bosse, Leck

Printed in Germany

»Ni la mano más pequeña
quiebra la puerta del agua«
F. García Lorca

I

DAS QUIETSCHEN der Straßenbahn in der Kurve öffnete einen ersten Spalt auf den Tag. Die Straßenbahn ächzte lange, ersterbend, das Knirschen der Schienen hallte wider zwischen den Scheiben und den geschlossenen, weiß lackierten Fensterblenden. Dann verschwand die Straßenbahn schwankend die Via Flaminia hinunter, und der Griff des braunen ovalen Fensters blieb wie ein großes Insekt an jene senkrechte Linie aus Licht geklammert.

Ein Griff, den ich oft gleichgültig mit der Faust umschloß, ein unbedeutender Griff. Aber von dort und nur von dort kam die Materie, die keine Entsprechung in der Wirklichkeit fand. Ich konnte nur auf sie warten und sie durch reglose Konzentration begünstigen; und nur im ersten, einsamen Dämmern des Morgens wurde sie mir gewährt, wenn das Schlagen einer Tür, eine Stimme oder Schritte auf dem Flur unverständliche Geräusche waren, so als lebte ich noch ein anderes Leben. Eine zarte, glückliche Materie, die mühelos anschwoll. In einem Crescendo, das etwas Erhabenes hatte, kam sie auf mich zu. Sie bedeckte mich, umschloß mich, ohne Leerräume oder Ritzen offenzulassen.

Es war ein bedingungsloses Glück. Aber ein schwieriges Spiel, das man nicht zu oft versuchen durfte. Eine Winzigkeit genügte, ein Lidschlag, sich kratzen, und sofort verschwand sie, vom Nichts verschluckt. Dann versuchte ich es von vorn und lag ganz still, die Messingstäbe des Bettes glänzten schwach. Doch da die Materie der Ebene des Absoluten angehörte, mir genau deshalb Glück schenkte, gewährte sie es mir nicht zweimal. Die Gelegenheit war verpaßt, Lots Weib, das sich umdrehte und zur Salzsäule wurde.

Danach blieb ich träge auf der Matratze liegen, die Decken vom Schlaf zerwühlt, und im Spiegel über der Kommode erschienen die Puppen, die gespenstisch die zerzausten Köpfe neigten. Von der Stuckrosette hing die Lampe herab, auf der ein kleiner Junge auf einem Schaukelpferd dargestellt war. Hoch schwang der plumpe Arm die Peitsche, und die blasse, angeberische Hand drückte grausame Anmaßung aus, während das Pferd den Kopf senkte, die Augen irr, und die Glühbirne hinter dem hölzernen Schweif hervorlugte. Er, dieser Junge, war mein übermächtiger, hinterlistiger Feind, stumpfsinnig im Leeren schwebend mit seinem törichten, gewalttätigen Lächeln; und wegen des Pferdes, das zwischen seinen Knien eingezwängt war, konnte ich nicht anders, als jedes Stückchen des niederträchtigen Reiters zu verabscheuen. Dann traten nach und nach der Schrank und die blauen Stühlchen aus dem Halbschatten hervor, und Kanten und Schlösser wurden wieder sie selbst. Ich betrachtete sie und erkannte sie in dem Licht, das langsam den nächtlichen Ozean austrocknete, um mir alle Gegenstände noch feucht, aber schon widerwärtig und vertraut zurückzugeben, begehrt und verhaßt.

Anne Marie kam herein, und während die Jalousien in den eisernen Schienen lärmend nach oben glitten, begann der Tag im ungewissen Grau der Palazzi. Ich stellte mich aufs Bett, und sie knöpfte mir rasch das Höschen an dem Baumwolleibchen fest: die Finger waren kalt, kalt das frisch gewaschene Gesicht, der Blick noch fern und trüb über dem Lidrand, so als hätte Anne Marie die Haut des Schlafes abgelegt, aber noch keine Zeit gehabt, in ihre gewöhnliche Haut zu schlüpfen.

Der Milchkaffee dampfte, beim Umrühren klebte der Rahm wie eine glitschige, schlaffe Haut am Löffelchen. In der Wohnung gegenüber klopfte das Hausmädchen den Besen auf das Fensterbrett. Vom langen Rühren aufgestört, stieg der dunkle, sandige Malzkaffeesatz in der Tasse an die Oberfläche. Trink, schnell! sagte Anne Marie und zog dabei das Bett ab, als wäre ich schon gegangen, ihr gründlich gewaschener großer

Körper verscheuchte im Wirbel der Laken jede noch übrige Mattigkeit des Schlafes. Wenn sie sich bückte, sah ich über den Gummibändern, die ihre Strümpfe hielten, das Fleisch ihrer Schenkel: straff und schimmernd, fein durchzogen von bläulichen Adern.

Alles begann mit diesem auf einen Zug hinuntergekippten Milchkaffee. »Le train.« »Le garçon.« »La cuillèèère …« Madre Gregoria, ein gesticktes, durchbohrtes Herz auf der Brust, spitzte die Lippen in dem runden Gesicht, während die Schachtel mit den Bildchen in ihrem Schoß voller Abgründe schwamm. Die Spatzen pickten zwischen dem Kies, der Milchkaffee rumorte in den Eingeweiden, schmerzhaft und unermüdlich. Die winterliche Fahlheit der Wände, die nackten, eiskalten Knie. »La …? La …?« Ich betrachtete das Bildchen, das ihre molligen Hände hochhielten: Der kochende Topf hatte Augen und Mund. *Der Teufel macht die Töpfe, aber nicht die Deckel*, vielleicht war dieses schiefe Lächeln wirklich das des Teufels. Augenzwinkernd, voll falscher Herzlichkeit. Das Schürzenband schnürte mir die Taille ab, ich löste es und sah es auf dem Boden schleifen. Jenseits des großen Fensters zerteilten sich schwere schwarze Wolken über den sanften, kahlen Kurven der römischen Campagna. Einige einzelne Pinien und der kleine Zug, der zwischen den Windungen des Tibers dahinflitzte. Vor Anstrengung, an mich zu halten, verkrampften sich meine Beine, mein Herz tat mir weh.

Später, als ich im Garten auf dem Mäuerchen saß, zog ich den Rock über meine steif gewordenen Knie. »Warum läufst du nicht?« Durch die halbgeöffnete Tür leuchtete die Porzellanschüssel in himmelblauer Reinheit, und das Wasser lief in einem stillen beharrlichen Rinnsal. Aber das Wichtige war, noch weiter durchzuhalten, bis das Dunkelblau von Anne Maries Filzhut auftauchte, jenes tröstliche Segel, gehißt für die Abfahrt zur heimischen Toilette. Eine weißliche Sonne glitt über den Kies, über die Blütenblätter der zerbrechlichen, violetten Schwertlilien: »Warum läufst du nicht?« Unbeweglich blieb ich sitzen, während die Tür des kleinen Klos in Abständen zuschlug, daß das dünne Sperrholz zitterte.

Der Zusammenbruch war plötzlich erfolgt. Die Finger, die die Knöpfe des Höschens nicht aufbekamen, zitterten jetzt vor Ungeduld; flötend drang von fern die hohe Stimme von Madre Gregoria herüber, die Quittenbrot für die Pause austeilte. Dann war jede Verbindung zu den Kleidern und zu der Welt, zu der diese Kleider gehörten, abgebrochen. Ich hatte die Augen geschlossen und mich meinem kurzfristigen, erhebenden Glücksgefühl überlassen: Es war wie der erste Atemzug nach langem Tauchen.

Als ich die Lider wieder aufschlug, waren meine im Höschen gefangenen Beine bläulich vom Desinfektionsmittel. Herrgott, und jetzt? Von der Sonne draußen war nur noch ein Schnitz oben in der Ecke übrig, niemand rief mehr, und durch das geöffnete Kippfenster wehte schneidende Luft über meine nackten Wirbel, während ich mit dem Gesäß am Porzellan klebte, die Hände um den Rand der Schüssel geklammert, um nicht herunterzufallen. »Madre Gregoriaaa! ... Madre Grego-riaaa! ...«, brüllte ich vor Kälte verkrampft. Stille umgab mich, steril, klösterlich, ließ mich erstarren beim trostlosen Anblick meiner über dem Boden baumelnden Füße. Ich schrie erneut: Aber zuletzt sah ich statt Madre Gregoria durch die halbgeöffnete Tür Madre Cecilia mit wehendem Rock über den grauen Kies auf mich zukommen. Und nachdem sie eingetreten war, hatte sie die Tür hinter sich geschlossen. Unerfahren, durch die Weite der Ärmel behindert hatte sie sich hinten an meinem Rücken mit Klopapier abgemüht, die Wangen so dicht vor mir, daß ich die großen Poren spürte, während mir ihr vor Besorgnis beschleunigter Atem übers Gesicht strich. Sie fragte mich, ob ich mich unwohl fühle; doch aus meiner rauhen Kehle kam kein Laut. Da hatte sich im Schatten des feinen Flaums auf ihrer Lippe ein mitleidiges Lächeln gebildet: Madre Cecilia war zufrieden über das demütige Geschäft, das sie Christus und den Bedürftigen näher brachte.

Lieber das Bauchweh. Lieber die Krämpfe, die mich Anne Marie erschöpft, aber nicht gekränkt zurückgaben. Ich erkannte sie in der Vorhalle in einem Schwarm von Dienstmädchen mit unter den Mänteln hervorlugenden Schürzen, unförmigen, banalen Gesichtern, zwischen denen sie prächtig wie ein Pfau herausragte. Ich war gerettet; mit offenem Mantel lümmelte ich mich unartig auf den mit Stoff bezogenen Sitzen des Asturia. Die Tapetentür zu Hause im Flur öffnete sich mit einem Ruck, und hinter der mattierten Fensterscheibe kam ächzend die vertraute Silhouette des Aufzugs herauf, Anne Marie beugte sich über mich, um mein Höschen abzuknöpfen, und einen Augenblick lang konnte ich ihren Nacken sehen, wo fransige, heimlich unter den Zöpfen gewachsene feine Härchen in den blonden Flaum an ihrem Hals übergingen. *Ruf mich, wenn du fertig bist*, sagte sie, eine magische Formel, die zusammen mit ihrem beruhigenden Schritt auf dem Flur wieder Ordnung in die Körperfunktionen brachte.

»Sie schneiden ihn, sie schneiden ihn mit der Schere?« fragte ich. »Ja, mit der Schere«, sagte sie, jede Silbe betonend, »sage: die Schere ...« »Die Schere«, antwortete ich fügsam und blickte in die Wohnung gegenüber auf den in eine Spitzenkaskade gehüllten Säugling. Die Schere: Letizia schnitt damit in der Küche die Innereien des Huhns, nachdem sie sie mit einer Hand herausgeholt hatte, an der schleimiges, dunkles Blut klebte. Anne Marie sah ebenfalls hin, und in der Helle der Palazzi und Wolken erschien ihr Gesicht blaß, vertieft in die Betrachtung dessen, was in der Wohnung gegenüber geschah, während die Stricknadeln weiter Maschen aneinanderreihten, bewegt von ihren von alten Frostbeulen geschwollenen Fingern, so wie vielleicht die Finger von Holzfällern sind.

»Schere, Gabel, Messer, Licht / sind für kleine Kinder nicht« lautete das deutsche Sprichwort, das die Kinder nicht nur vor dem Gebrauch der Schere warnte, sondern auch vor Licht, Messern und Gabeln. Ich konnte den Blick nicht abwenden von jener Wohnung, wo alle Lichter brannten und das Kristall auf dem gedeckten Tisch den Widerschein einer seidigen, zinnoberroten Tapete zurückwarf. Festlich gekleidete Kinder klammerten sich an den Arm der jungen Frau, die das Steckkissen hielt, und die Frau beugte sich herunter, um etwas Unförmiges zu zeigen, das mit den Händchen fuchtelte und dabei wie die alten Männer zornig zitterte. Der Säugling schrie, aber ich konnte sein Schreien nicht hören, sondern nur sehen. Die Halskette der Frau streifte die Spitzen am Steckkissen, und sie lächelte, kein bißchen erschrocken über das Blut.

Doch von meinem Zimmer aus lauerte ich vergeblich auf die blutige Zeremonie, sie mußte anderswo stattfinden, in den unsichtbaren Fluren jener Wohnung, die dem Anschein nach der unseren so ähnlich war. Und niemand schien deshalb besorgt oder betrübt zu sein, alle voll in Anspruch genommen von den Erfordernissen des Festes: heiße Schokolade in die Tassen gießen, Kuchenplatten herumreichen. Lächeln. Ein kleines Mädchen aß Torte und leckte den Löffel ab, eine große rosa Schleife auf dem Kopf, und jenes Blut war etwas, dessen Vorhandensein nur ich und Anne Marie spürten, der dunkle Schatten über jeder dieser Gesten. Sie glaubten, eine ähnliche Luft zu atmen wie wir, aber in Wirklichkeit öffneten sich ihre Münder zu Worten und zärtlichem Lächeln ins Leere, wie Fischmäuler an der Scheibe eines Aquariums.

Anne Marie hatte zu stricken aufgehört, das Wollknäuel rollte auf den Boden. Ein besonderes, organisches Schweigen herrschte zwischen uns, fast konnte ich ihren Herzschlag hören, als zwischen den halbgeöffneten Lippen ihr metallener Eckzahn einsam und kostbar aufblitzte. Nicht ausdrücklich, kaum erahnbar war ihr Lächeln, als wehte ein leichter Wind über ihr Gesicht und brächte es zum Leuchten vor Befriedigung über unsere Zukunft als Römisch-Katholische Apostolische Arier. Ohne Blutvergießen.

Am Abend beugte sie sich über mich, um mir Gute Nacht zu sagen, und mit ihrem Gesicht näherten sich die Träume, besänftigt durch das rötliche Geflecht der

Äderchen. Sie gab mir einen flüchtigen Kuß, und ihre Haare, lange, ungebärdige Haare, die ich manchmal im Kamm im Badezimmer fand, kitzelten mich einen Augenblick an der Stirn. Die Hand zog die Decke zurecht, und das Licht der Nachttischlampe drang durch das Blau der Iris vor bis zur helleren, veränderlichen und träumerischen Grundfarbe. »Jesuskind, ich geh zur Ruh / schließe mir die Äuglein zu …« betete sie mit gefalteten Händen, und aus ihren kaum rissigen Lippen schlüpfte das Jesuskind, um barfuß seinen Platz zwischen den Puppen einzunehmen. So ehrte man den Lieben Gott und nicht, indem man, zack!, Säuglingen etwas abschnitt wie der Schneider dem Daumenlutscher Konrad die Finger. Ich hätte sie gern gefragt, ob es derselbe Schneider war, der sich, nachdem er die Brille aufgesetzt hatte, über das Steckkissen beugte. Doch war das Licht gelöscht, knarrten ihre Schritte noch einen Augenblick, letzte Überreste eines Tages, den sie in ihrer großen Schürzentasche mit fortnahm, während ihre Silhouette schmaler wurde und verschwand, verschluckt vom Tintenschwarz des »Gute Nacht«, um Schuhe und Kleider zu bürsten.

Im Dunkeln berührte ich den Stoff, mit dem die Wand um mein Bett tapeziert war, verschwommen blaugestreiftes Leinen mit unregelmäßiger Struktur. Ich fürchtete mich weder vor dem Schwarzen Mann noch vor dem Wolf im Schafspelz, wenn ich mich beunruhigt fühlte, dann wegen des kleinen Jungen im Stockwerk über uns, ein »krankes Kind«, wie Mama sagte. Und während ich mit den Fingern über die Erhebungen des Stoffes fuhr, wartete ich auf seinen Ruf eines nächtlichen Tieres: *Ich geh nicht, ich geh nicht, ich geh nicht ins Bett ...* Eintönig wiederholte er diese Litanei, und es gab kein Geschrei und kein Türenschlagen, sondern nur diesen einsamen gequälten Ruf, als zerrte ihn jemand Stufe für Stufe eine endlose Treppe hinunter.

Giannetto. Diese wenigen Worte, immer die gleichen, in der Nacht wiederholt wie ein Tamtam, waren sein Körper, die Fühler, die er in der Dunkelheit nach Hilfe ausstreckte. Ich hörte ihn oben, kläglich und bedauernswert, erpresserisch, und statt mir die Ohren zuzuhalten, hob ich den Kopf vom Kissen, um ja keine Silbe zu verpassen, so als gelte dieser Ruf mir. Ich folgte ihm, während mein Finger an der Struktur des Stoffes entlangglitt, ich folgte ihm, soweit es mir möglich war, als müßte ich mit diesem Finger eine Rettung für Giannetto erreichen. Ihn, der eine Treppe hinuntergeschleift wurde, in meiner geschichtslosen Nacht verankern.

Dann entglitt mir sein Schrei, meine Hand fiel träge auf das Laken, und Giannetto verlor sich in der Ferne, in seinem Brunnen aus Dunkelheit.

Durch die hohen Fenster mit den unterteilten Scheiben aus mundgeblasenem Glas fiel weißliches, regnerisches Licht, und Paulinchen verbrannte und starb. Ihre Mama war ausgegangen, und sie hatte nicht auf die Katzen hören wollen. Ein Augenblick, und das Schwefelhölzchen von ungewöhnlicher Größe steckte den roten, weiten Rock des ungehorsamen Paulinchen in Brand.

Ich lag auf dem Boden, das Buch aufgeschlagen auf der Seite mit dem Bild, das Paulinchen in Flammen zeigte. Wie sollte ich die Vorstellung ertragen, daß die kleine Neugier eines allein zu Haus gelassenen Mädchens so grausam bestraft wurde? Warum war der Schutzengel nicht eingeschritten, wo war er? Wo war das Jesuskind, das im Hemdchen über den Tabernakeln schwebt und alles sieht und alles weiß? Wo waren Anne Marie, Mama, Papa, Italia und Letizia? Ich blätterte zurück, und der böse Friederich, der den Fliegen die Flügel ausriß und die Hunde peitschte, lag bis oben zugedeckt in seinem Bett und der Doktor verabreichte ihm Arznei, während Paulinchen mit brennenden Kleidern rannte. Allein und verzweifelt. Es war zum Heulen vor Panik, ich schmeckte den Staub des Teppichs im Mund. »Steh auf«, befahl mir Anne Marie; doch das Gesicht auf dem Boden weinte ich weiter, und meine Tränen tropften auf Paulinchens vergebliches Flehen.

Keine Strafe war mit der ihren vergleichbar, Kaspar,

der auf dem Friedhof endete, weil er seine Suppe nicht essen wollte, war ein Dummkopf und verhungerte vor einem vollen Teller. Aber warum mußte das fröhliche, süße Paulinchen mit der schönen Schleife auf dem Kopf, die glückliche Freundin der Katzen, einen so schrecklichen Tod erleiden? Ein Häufchen Asche zwischen zwei Pantöffelchen mit abgerundeter Spitze und Knopf und Knopfloch wie die Pantoffeln aller kleinen Mädchen, die übers Parkett laufen. Gestorben wie Danilo, der Sohn der Amme. Aber Danilo war sehr klein und die Amme arm und unwissend, war Paulinchen etwa Jüdin?

»Steh auf!« Anne Marie verlor allmählich die Geduld und richtete sich in dem mit Beschlägen verzierten Ledersessel auf. Aber Paulinchen war verbrannt, verbrannt die Haare, verbrannt die flehend erhobenen Arme, und an der Qual ihrer unwiderruflichen Verurteilung zerbrach jede Logik. Laut hämmerte ich mit den Fäusten auf den Boden, Paulinchens Schicksal war unannehmbar, verursachte Übelkeit und Schwindel. Die Gewalt, deren Opfer sie war, stürzte die Vergißmeinnicht-Sträußchen auf den Grabhügeln um, schändete die mit einem Lächeln auf den Lippen zum Himmel geflogenen Engelchen.

Ich hatte gespuckt: auf Paulinchen, auf die Flammen, auf die Katzen mit den erhobenen Tatzen. »Aber was!« Anne Marie riß mir das Buch aus der Hand: Sie war aufgestanden, und wenige Zentimeter vor mir funkelten bebend, groß und glänzend die Ösen ihrer Schuhe. Da hatte ich auch auf ihre Schuhe gespuckt, ein kleiner Speichelspritzer. Es war eine winzige Strafe für das, was passiert war. Sprachlos hatte Anne Marie einen Schritt rückwärts gemacht, sie wagte nicht, mich zu ohrfeigen. Ich schwitzte vor Wut: Hätte sie mich geschlagen, hätte ich brüllen und alle Paulinchen der Welt rächen können.

Sie, sie hatte vor den kleinen Scheiben der Fenster blond und ungerührt in von gespielter Fröhlichkeit zu gespieltem Schmerz wechselndem Tonfall die kurze infame Geschichte vorgelesen, während ihre vollen, vom Speichel feuchten Lippen sich gefreut hatten über die Moral: Spielt nicht, spielt nicht mit Streichhölzern, Kinder! Und meine Verzweiflung hatte nur ein zufriedenes Lächeln über die Wirkung hervorgerufen. Diese Stimme, auf die ich morgens bei noch geschlossener Türe wartete, der ich durch die Räume hinterherlief, eine erstaunliche Stimme, die sich im Lauf eines Tages verändern konnte. Und jetzt, wie konnte sie nur?

Anne Marie hatte beschlossen, die Taktik zu wechseln. Sie hatte das Buch aufgehoben, sich wieder gesetzt und mich aufgefordert, zusammen mit ihr die nächste Geschichte zu verfolgen. Mit der gleichen verächtlichen Unschuld, mit der sie Mamas Vorwürfen die Stirn bot, zeigte sie mir jetzt das Bild eines Häschens mit Brille: Komm, schau, sagte sie. Ich hatte ihr das Buch aus der Hand gerissen und die Seiten zurückgeblättert bis zu den Bildern von Paulinchen.

Diesmal war die Geschichte rasch aus ihren Lippen herausgezischt, ohne jede Betonung. Schnell las Anne Marie, so schnell, daß ich nichts verstand; und wieder mußte ich weinen, während hoch über mir ihre Stimme mit jedem Wort einen Abstand schuf, ein Terrain, in das ich nicht eindringen durfte. Und alle Paulinchen der Welt bekamen, was sie verdienten, so ist das Leben, meine Liebe, so ist es auch für kleine Mädchen, die nicht gehorchen, dumme, törichte kleine Mädchen!

Doch in einem schlimmen Moment hatte sie Paulinchen eine Stimme, Fröhlichkeit und Kleider gegeben, die meinen zu ähnlich waren. O gewiß, Anne Marie war wie das Leben gänzlich taub für das, was ihr nicht entsprach, auf einen Schlag konnte sie Paulinchens Asche in den Wind streuen und dann blond und weise lächeln vor den regenhellen Scheiben. Aber dieses Bild, das an mir klebte und so perfekt auf mich paßte, war jetzt zu Blei geworden.

Eine plötzliche Müdigkeit schwächte meine Beine. Rücklings auf dem Teppich ausgestreckt, betrachtete ich die hölzerne Kassettendecke und versuchte, einen Punkt zu fixieren, irgendeinen, als könnte ich nur dort Zuflucht finden. Anne Marie, zufrieden über diese so billig erkaufte Ruhe, war wieder freundlich, und nachdem sie die Beine unter dem Stuhl gekreuzt hatte, konnte sie mir endlich die Geschichte vom Häschen mit der Brille vorlesen. Nichts für ungut, sagte ihre Stimme. So tarnte sich der Vormittag und wurde wieder zu einem Vormittag wie jeder andere, voll Wolken und Langeweile, während mir der Schnupfen aus der Nase rann und langsam antrocknete, Erkältung und Trotz zugleich. Lustlos hörte ich ihr zu, in karierter Kittelschürze und Pantoffeln, den Blick dort oben in den Nußbaumkassetten der Decke verankert.

Vielleicht war Paulinchen Jüdin. Der Davidstern war aus dem Mantel gerutscht und baumelte schwer, aus von der Haut glänzendem Gold. Sie hockte auf dem Boden, so daß man zwischen den gespreizten Beinen ihr Pikeehöschen sah, und fütterte ihre Puppe mit einem Gemisch aus Erde und Blättern, vollkommen gleichgültig gegenüber dem Schwanken jenes leicht beunruhigenden Zeichens. Auch der Ort hatte etwas Verdächtiges, ganz von einer hohen Buchsbaumhecke umschlossen und spärlich mit gelblichem Kies bestreut.

Auf der einzigen Bank dicht am zerfaserten Stamm einer Palme erzählte ihre Gouvernante Italia, sie habe schon viele Fürstenkinder aufgezogen; und man begriff, daß sie jetzt nur deshalb mit einem Hausmädchen sprach, weil sie hinter der Hecke niemand sehen konnte. Italia hörte zu und versuchte dabei, ihre schwarze Baumwollschürze mit den Zipfeln eines Mantels mit Fischgrätmuster zu bedecken, der einmal Onkel Nino gehört hatte. Die Kleine hatte die Puppe fallen gelassen, um zuzuhören und schaute mißtrauisch mit ihren Mausaugen, während die Sonne auf ihre Haarschnecke schien.

Sie schaukelte auf der eisernen Kette, die die Anlagen vom Trottoir trennte, der Sonnenuntergang leuchtete in den Scheiben der Häuser gegenüber auf, und einige Passanten beugten sich im schmalen Schatten der Platanen über die Travertinbrüstung. Vereinzelte Kügelchen hingen von den kahlen Ästen und wo die Rinde abblätterte, waren hellere Flecken, kalt in der sich zurückziehenden, unsteten Sonne. Das kleine Mädchen packte die Puppe an den Füßen und schwenkte sie vor mir hin und her, vielleicht als Aufforderung oder Provokation, und aus dem umgestülpten Kleid kamen glatt und rund die Beine hervor, nur ein bißchen dunkler an der Schwellung der Knie. Sie schüttelte sie, fast als wollte sie Verachtung zeigen, und die langen Haare wurden staubig auf dem Kies, während die Augenlider langsam mit den Wimpern klapperten. So eine schöne Puppe hatte ich noch nie gesehen.

»Regina, venez-ici!« rief ihre Gouvernante. Auch Italia wollte, daß ich etwas esse, und ließ mir die Banane aus der Schale in die Hand gleiten; und unter den entsetzten Augen ihrer Nachbarin, zwei durch die Brille vergrößerten Kugeln, die empört den kurzen gelben Bogen verfolgten, warf sie die Schale hinter sich. Nach einem raschen Flug fielen die vier Teile unweit der Bank auf dem Boden in sich zusammen.

Regina wickelte ihre Vesper aus und bot mir die Hälfte an, die kleinen Hände mit den bläulichen Adern unter der Haut brachen den Blätterteigfächer in der Mitte durch. »Nein danke.« Anne Marie sagte, daß die Juden ungesäuertes Brot aßen, und ich sah zu, wie sie lustlos an dem Teilchen knabberte. Krümel fielen auf den Stern, der bewegungslos leuchtete. Sie saß jetzt neben mir auf der Eisenkette, und wir schaukelten gemeinsam, unsere beiden Schatten streckten sich wie Giraffen auf dem Kies. »Regina, il faut aller!« sagte ihre Gouvernante und schickte sich zum Gehen an. »Mais pourquoi? ...« protestierte sie quengelig, ein wenig heiser, und zwischen ihren Lippen blähte sich eine schillernde Speichelblase: Dann zerriß sie sie plötzlich und ein feiner Speichelfaden lief ihr das Kinn hinunter. Die Gouvernante stand schon und zog sich die Handschuhe an, den Hintern fast genau vor Italias Gesicht.

Ich sah zu, wie sie auf dem Trottoir davongingen. Jetzt, da der blaue Mantel jedes Unterscheidungsmerkmal bedeckte, war sie ein kleines Mädchen wie alle anderen und trippelte fröhlich an den riesigen schwarzen

Ankern der *Viribus Unitis* vorbei. Der Schatten griff nach Italias arthritischen Knien, und in später Reue gab sie der Bananenschale einen Tritt, um sie unter der Bank zu verstecken. Noch nie war sie mir so häßlich erschienen wie in diesem Licht, mit der fröstelnden Haut, körnig wie die bestimmter Birnen aus dem Garten, die nie reif werden, und den dicken, fettigen Haaren, die unzählige Nadeln in einem Knoten zusammenhielten. »Ich will heim«, sagte ich. Die Autos fuhren mit geschlossenen Fenstern die Tiberstraße entlang, und wo Regina gespielt hatte, waren im Kies leere Stellen mit staubiger Erde zurückgeblieben. Italia zögerte, »um mich Luft schnappen zu lassen«. Die Scheiben jenseits des Tibers waren bleiern geworden, und ein Schwarm Stare verlor sich hoch oben in den Wolken, die ein letzter Sonnenstrahl traf. »Ich friere«, log ich.

Domenico hatte schon das Licht im Eingang angeknipst, und Italia schloß die Glastür des Lifts auf. Im Hinauffahren nahm sie mir den Schal ab und näherte dabei ihr großes Gesicht: Das Muttermal war braun und erhaben, und ihre Haut hatte einen sehr tröstlichen Hühnergeruch.

Während ich am Tisch in der Garderobe wartete, daß die Suppe abkühlte, saß Regina vielleicht beim Essen auf einem kleinen Thron und wurde von ihrer handschuhetragenden Gouvernante mit einem goldenen Löffel gefüttert. Im Kindergarten hatte uns Madre Gregoria die Bibel gezeigt, wo die Königin von Saba unter den Schleiern eines prächtigen Baldachins voranschritt. Anne Marie, von ihrem freien Nachmittag zurückgekehrt, trug noch ihr lavendelfarbenes Kleid aus leichtem Wollstoff. Ich hatte ihr von meiner nachmittäglichen Begegnung erzählt, aber sie hatte unbeeindruckt weiter auf die Suppe gepustet, und zwischen den blassen Wimpern hatten ihre Pupillen dann die Reise des Löffels bis zu meinem Mund verfolgt. »Können wir morgen wieder hingehen?«

Immer noch pustet Anne Marie, die geblähten Bakken zeigen deutlich das Muster der Äderchen, und aus diesen Luftballons strömt ein kaum speichelfeuchter Wind, der die Welt der kleinen Suppennudeln durcheinanderwirbelt. Italia näht einen Knopf an und schimpft auf den venezianischen Fußboden, dessen Ritzen immer ihre Nadeln verschlucken. Einmal auch die Schraube eines Ohrrings, sagt sie, und niemand hat sie je wiedergefunden. »Können wir morgen wieder hingehen?« Vom erhobenen Löffel tropft ein wenig Brühe, Anne Marie zuckt die Schultern in einem »weiß nicht«, was verschwommene, ungewisse Hinderungsgründe, Regen, Wind, ungünstige Konstellationen andeutet, während Letizia in der Küche die da verwünscht, die »Froila«, wie sie Anne Marie nennt, jenes »Fräulein« entstellend, das diese vor ihr und Italia auszeichnen müßte, weil sie das Ei zurückgeschickt hat, um es noch etwas länger kochen zu lassen. Doch Anne Marie merkt nichts: noch sind auf ihrem von der Kälte rissigen Gesicht die Lichter und Schatten ihres Urlaubs nicht verflogen, Straßen, die ihre glänzenden Ziegenlederschuhe gegangen sind, Bäume und Sonnenschein auf ihrer gehäkelten Mütze. »Also gehen wir morgen wieder hin?« Quietschend fährt der Aufzug im dunklen Trichter des Hofs abwärts, und das Licht gleitet an den öligschwarzen Streben entlang und beleuchtet hinuntergefallene Lappen, die sich seit undenklichen Zeiten dort verfangen haben. »Aber wohin?« fragt sie. »Zu dem kleinen Mädchen, zu Regina ...« und zwischen Löffeln voll nur noch lauwarmer Suppe vertraue ich ihr die kostbaren Silben an und warte auf ihr Staunen. Gluck, gluck, gluck rutscht Regina Anne Maries Kehle hinunter, so wie die Seife auf den Grund des Brunnens im Märchen von Frau Holle, und der auf das Ei gerichtete Blick hebt sich zu mir, ein blaues Kaleidoskop mit wunderbarem, unergründlichem Muster: Anne Marie hört nichts, zu beschäftigt, die Eierschalenstückchen zu entfernen, von denen man Blinddarmentzündung bekommen kann.

Madre Gregoria sagte, die Juden hätten Jesus gekreuzigt und dann geschrien, dieses unschuldige Blut solle ruhig auf sie und ihre Kinder zurückfallen. Das gerö-

≈≈≈≈≈≈≈≈≈≈≈≈≈≈≈≈≈≈≈≈≈≈≈≈≈≈≈≈≈≈≈≈≈≈≈≈≈≈

tete, von den gestärkten Strahlen der Haube umschlossene Gesicht drückte Schmerz und Kummer über so viel Torheit aus. Die armen jüdischen Kinder, sie hatten weder Nonnen, die sie lehren konnten, »train« oder »parapluie« zu sagen, noch konnten sie die großen Erdbeeren essen, die Suor Lucilla goß, indem sie das Wasser den Abhang hinunterlaufen ließ, während der Wind ihren langen schwarzen Rock aufhob. Sie warteten nicht auf das graue Rauchzeichen, um jubelnd zu rufen »Habemus papam, habemus papam ...«

Wir, ja, wir hatten das gerufen, während die Nonnen einander mit verschobenen Hauben entgegengeeilt waren, die durchbohrten Herzen bebend auf dem Weiß ihrer Tracht. Aufgeregt und unbedacht hatten sie die Oberin, die in ihrem Möwenschritt schwankte, an der Treppe oben stehengelassen, wo der Luftzug ihr den Schleier ins Gesicht wehte. Aus der Küche waren die Laienschwestern herbeigelaufen, um auch am »Gaudium magnum« teilzunehmen, stolpernd, schwarz gekleidet und ohne durchbohrte Herzen, verstört vom Licht und vom Wind, der am Himmel eine dünne Rauchschlange ringelte.

Und in der Kapelle war, von der Sonne gestreift, die Glückseligkeit aus ihren von gestärkten Hauben umschlossenen Kehlen aufgestiegen. »Au ciel, au ciel, au ciel / J'irai le voir un jour!« Eine durch das zum Garten geöffnete Fenster hereingeflogene Biene taumelte vom

Winter träge auf dem rosigen Holz der Bänke. Der Lilienduft überwältigte die Blässe der Kasteiung, die Gebisse und Brillen, den Geruch nach ständig von Kleidern bedeckter Haut.

»Eminentissimum, Reverendissimum Cardinalem …« malte Madre Gregoria mit kratzender, in Gold getauchter Feder. Arabesken, Girlanden, Spiralen verbanden sich auf der Miniatur zu einer, jede menschliche Vernunft übersteigende Ordnung. Wie ein Stachel tauchte die Feder in die Tintenfäßchen auf dem Tisch, und aus dem dunklen Glas kamen Pfauenblau, Karminrot, Smaragdgrün zum Vorschein und erstrahlten auf dem Pergament wie ein leuchtender Faden, den Madre Gregorias Finger abspulten. Ich sah zu, wie sie jeden Federstrich trocknete: Sie schüttelte das Blatt und der Sand rieselte in einem feinen Regen ohne Wind herab; und in dem schmalen Lichtraum zwischen Lampe und Tisch bewegte sich ihre Hand durchsichtig und hell schimmernd wie der Mond. Dann nahm die Feder ihr Hin und Her wieder auf, kratzte ihre kleinen Schritte und zeichnete eine Ewigkeit von Engeln mit goldenen Trompeten.

Als die Glocke das »Große Schweigen« verkündete, erhob sich Madre Gregoria, schraubte alle Tintenfäßchen zu, wandte sich zu mir und fragte mit dem Blick nach dem Grund für die große Verspätung, mit der

≈≈

man mich abholen kam. »Vielleicht ist das Auto kaputtgegangen«, sagte ich; schweigend drückte sie ihre Mißbilligung aus, während sie sich weiter in ihrem cremeweißen wallenden Rock bewegte, die Gesten wie in Watte gepackt. Zuletzt nahm sie mich an der Hand, und gemeinsam wanderten wir zwischen einer doppelten Reihe an den Kleiderhaken aufgehängter Kittel den menschenleeren Gang entlang. Vereinzelt gingen in der Ferne im Tibertal die Lichter an. Ich hätte gewollt, wir würden rasch zur Eingangshalle eilen, doch Madre Gregoria hielt sich mit winzigen Verrichtungen auf: einen Kittel geraderücken, prüfen, ob eine Tür, ein Fenster geschlossen war. Und im Zwielicht hoch oben angebrachter Glühbirnen, die gar nicht für wirkliche Beleuchtung gedacht waren, erschienen mir die Klassenzimmer wie trostlose, bei einer drohenden Katastrophe verlassene Orte, wo die Kinder, die auf den Tafeln an den Wänden dargestellt waren, noch düsteren, absurden Frohsinn verbreiteten.

An der Treppe angekommen, schlossen wir uns einer Prozession von Nonnen an, die in die Kapelle hinuntergingen, die Gesichter gesenkt, lautlos und ohne Lächeln. Schon aus dem Tag herausgetreten, hatten Madre Umbertina, Madre Enrichetta und Madre Cecilia mich überholt und mit dem Rock gestreift, ohne mich zu erkennen. Nonnen, die ich noch nie gesehen hatte, eilten hinkend die Stufen hinab; eine, zwergenhaft, wackelte mit dem riesigen, traurigen Kopf. Und Madre Gregoria, die meine Hand losgelassen hatte, folgte ihnen und ließ mich in der Eingangshalle in Gesellschaft einer Laienschwester zurück.

Im schwarz eingebundenen Meßbuch lesend saß die kleine Nonne in der Pforte und antwortete auf meine Fragen, indem sie sich einen Finger auf den Mund legte, während aus der Kapelle schrill und eintönig die Verse des Stundengebets heraufklangen: Fragen, dazu bestimmt, ohne Antwort zu bleiben, reihten sich im Halbdunkel zu einer langen Kette, flehend in einem einzigen, sehr hohen Ton. Aber in ihrer Monotonie spürte ich eine Sicherheit, einen Wahrheitsanspruch, von dem ich und Anne Marie, Mama, Italia, wir alle ausgeschlossen waren. Zerbrechlich und hochmütig erhoben sich jene Stimmen in der Stille zum Zeugnis der Erwählten, der Ewigen Wonnen zur Rechten des Herrn zusammen mit den Hiobs, den Davids und den sieben Makkabäerbrüdern.

Wenn die Kinder aber in einem Korb vor der Wohnungstür gefunden wurden, wie konnte man dann die Sicherheit haben, vor der richtigen Tür abgelegt worden zu sein, vor der, deren Spion Italia jeden Samstagnachmittag mit Sidol polierte? Und wenn jemand im Vorbeigehen den Korb ein bißchen verschoben hätte, bis vor die Tür direkt nebenan, die Tür der Della Seta,

≈≈

der Della Seta, die doch Juden waren? »Aber nein …« Anne Marie lächelte, während sie mir erklärte, daß die jüdischen Kinder ganz anders waren als ich, kraushaariger, dunkler. »So lockig, so braun«, sagte sie, und auf deutsch klang es fast wie ein Glockenton. »Aber Regina ist blond«, antwortete ich, von Zweifeln geplagt.

Doch ich hatte Regina »aus den Augen verloren«, genauso wie wir bestimmte Freundinnen von Mama »aus den Augen verloren« hatten, die zu unbeständigen Zeiten an ungewissen, mit keinem Kompaß auffindbaren Orten wohnten und deren Foto ich manchmal in einer Schublade fand, nachdenkliche, verstaubte Gesichter. Und wenn ich Anne Marie bat, zu der Bank zurückzukehren, wo ich Regina eines Mittwochs begegnet war, sagte sie, die Sonne scheine zu heiß; und wenn es nicht die Sonne war, dann störte der Wind.

Wir gingen die Viale Washington hinauf und Anne Marie blieb stehen, um langsam und tief einzuatmen, ihr Mantel spannte über der Schwellung der Brust. Die Wimpern zitterten am Lidrand, und die Nase wurde vor Anstrengung spitz, klein und blaß, fast nicht mehr vorhanden. Dann strömte die Luft plötzlich wieder über ihre Lippen, warm von Kohlendioxid: »Atmen, atmen«, sagte sie, hauptsächlich zu sich selbst, nur scheinbar eine Aufforderung an mich, es ihr nachzumachen.

Ich betrachtete sie. Hinter ihr hielt eine Diana oder

eine Proserpina ohne Arme ihr moosiges Gewand zwischen den Beinen fest, und der einsame Grashang war mit im Schatten verfaulten Blättern bestreut, während oben an der Eichenallee, wo die höchsten Äste sich verschränkten, bis sie eine Kuppel bildeten, die Fontana del Fiocco wie eine Eidechse in der grünen, phosphoreszierenden Sonne leuchtete. Manchmal machte die Luft einen leisen pfeifenden Ton, wenn sie in Anne Maries Nasenlöcher eindrang, und ich lauschte verzaubert diesem Surren eines Insekts, das an ihrer Nasenwurzel gefangen war.

Aber Regina war nicht da. Wir gingen am Seegarten vorbei, und vergeblich suchte ich ihre auf die Rückenspange des Mantels herabhängenden Locken, ihre Puppe, die so anders war als die plumpen, grellbemalten Puppen mit Plattfüßen, denen ich abends die Decke zurechtzog. Ich suchte sie noch auf den Freitreppen von Valle Giulia, aber mein vom Widerschein des vielen Travertins geblendeter Blick fand zuletzt immer nur Anne Marie wieder, die auf einer der hohen seitlichen Stufen saß. Selig lächelte sie in diesem weißen See aus Licht, weg mit dem Mantel, weg mit dem Hut, und so, hätte ich mir gewünscht, sollte Regina sie sehen, während ein Carabiniere mit roten Litzen versuchte, ein Gespräch anzuknüpfen, und sie die Achsel zuckte, die Lippen halb geöffnet über der Pracht des metallenen Eckzahns, der in der Sonne blitzte.

Wir gingen: über Kies, Asphalt, Wege aus gestampfter Erde. Ich versuchte, auf dem Eisendraht zu balancieren, mit dem die Beete eingezäunt waren, wurde geschubst, während ich stand und zusah, wie ein Ball rollte. Kinder, deren frühere, gegenwärtige oder noch latente Krankheiten man nicht kannte, rissen mir das Schäufelchen aus der Hand oder wollten gern mit mir spielen. Aber es genügte, daß Anne Marie den Mund aufmachte, und sofort brachte das Hämmern ihrer deutschen Kehllaute sie rasch zum Verschwinden, die Söckchen locker um die Fußgelenke.

Auf dem Pincio konnte es geschehen, daß mich diese Kinder beim Puppentheater plötzlich wieder umringten, so nah, daß ich ihren Atem am Hals spürte. Sie standen vor mir, hinter mir, neben mir, ich nahm den Geruch ihrer Haare wahr, sah ihre ungewaschenen Ohren; und wenn Pulcinella wie verrückt prügelte, lachten sie und feuerten ihn an. Je heftiger der Stock auf den verbeulten Köpfen dröhnte, desto lauter klatschten sie, die Münder klebrig von Bonbons. Wenn dann die Sammelbüchse heruntergelassen wurde, stürmten sie hin und klopften an die Holzbude. Manche stellten sogar Fragen, und Pulcinella antwortete ihnen unter allgemeinem Gelächter.

Es waren die gleichen, die mir am Tretautoverleih einen Stoß versetzten, um das Auto zu ergattern, in das ich schon meinen Fuß gesetzt hatte. Oder sie rammten mich mit Gerassel und riefen mir, anstatt sich zu entschuldigen, zu, ich solle Platz machen. Unter der Krempe meines mit Gummiband am Kinn festgehaltenen Hutes tat ich dann, als sei ich völlig taub, lenkte zur Seite, um die Spur zu wechseln, und trat so schnell in die Pedale, wie der Kamelhaarmantel, die Wollunterhose und der Schal es zuließen.

Wenn Regen drohte, beschloß Anne Marie, auf der Hälfte der Rampe angekommen, die zur Piazza del Popolo hinunterführte, die Abkürzung über die Treppe an der Kirche zu nehmen. Von dort oben sah ich den kreisrunden Platz, der von Liliputanern wimmelte, und meine Beine wurden plötzlich schwach und zitterten. Auf der ersten Stufe stehend, ließ ich Anne Marie abwärts laufen, als versinke sie im Leeren, sie drehte sich um und sah mich noch oben stehen: »Also? Was machst du?« rief sie. Ich sah zu, wie sich rund um den Obelisken die Schirme öffneten wie Knöpfe, und unter den sich auftürmenden, großen schwarzen Wolken war Anne Maries Blick klar und leuchtend wie der Horizont vor dem Gewitter. Los, komm runter! sagte sie und beschrieb mit dem Zeigefinger die kurze Senkrechte, die ich hätte zurücklegen müssen, um zu ihr zu gelangen, ahnungslos, daß ein Windstoß auf ihre blaue Hutkrempe genügt hätte, um sie bis auf das Kopfsteinpflaster des Platzes zu wehen. Schon hatte ich wieder den Geschmack der Banane im Mund und zerquetschte verwirrt und wild die winzigen roten Spinnen auf der Balustrade, den Blick starr auf die kleinen Blutflecken geheftet, die sie auf dem Stein zurückließen. Zwischen feuchten Böen bestürmte mich ihre Stimme, beleidigte mich: »Du dummes Kind!«, während schon große Regentropfen die Treppe befleckten. Bis sie sich entschloß, wieder heraufzukommen, mich am Arm packte und mich schüttelte wie eine Marionette: sie zerrte mich hinunter, die Sohlen rutschten auf den nassen Stufen, sie zog, ihre Finger umklammerten mein Handgelenk, ich schloß die Augen und lief und stolperte und schürfte mir die Fesseln auf an den Kanten. Unten angekommen erbrach ich die Banane in einem Schwall.

Wie damals, als wir die Amme besucht hatten. Als der Astura den Feldweg zwischen von Tramontana hartem Gestrüpp entlanggefahren war und dann auf dem Erdwall im Schatten angehalten hatte, der mit letzten Sonnenrändern auf die abgesplitterten Ziegel des Hauses übergriff. Nicht weit hörte man das ununterbrochene Blöken von langsamen, frierenden Schafen, deren Gestank in Wellen herüberkam, und Mama und ich versuchten, unsere Schuhe vor dem Matsch zu retten, der überall noch das byzantinische Muster ihrer Hufabdrücke aufwies.

Die Amme erwartete uns an der Tür: Drinnen war

es dunkel, nur das neben dem Kamin aufgehängte, abgezogene Fell eines Kaninchens schimmerte silbrig im Widerschein. Die Amme redete und redete, ohne daß ich den Sinn ihrer Worte erfassen konnte, während Kinder mit Galoschen und strubbeligen Haaren kamen und gingen. Mama hatte Kleider mitgebracht, und ich erkannte jedes einzelne, als die Amme sie aus dem Pakken hervorzog: In dem klammen Halbdunkel, das der windige Tag zurückgelassen hatte, schwankten sie einen Augenblick, wenn die sich drängenden, schmutzigen Hände sie berührten. Ich erkannte eine alte Kittelschürze von Italia, meinen Mantel vom Vorjahr, den Schlafanzug mit den Entchen. Ein Kind, nur mit einem Hemdchen bekleidet, hatte mitten auf dem Tisch seine Bedürfnisse erledigt, daraufhin hatte die Amme nach dem erstbesten Stück gegriffen, das ihr in die Hand fiel, ein Pullover, und damit den Tisch gesäubert. Aus Rücksicht auf uns; dann hatte sie den Pullover in eine Ecke geworfen und die Katze war hingeeilt, um zu schnuppern.

Hartnäckig und störrisch wollte ich weder die Hühner noch die Schafe und noch viel weniger die stummen Gänse draußen anschauen gehen. Starr lehnte ich an der Wand, stemmte die Füße gegen die lockeren Backsteine des Bodens, ohne Staunen oder Mitleid zu zeigen beim Anblick der Puppe, die mir gehört hatte und die Danilo bis zuletzt in seinem Krankenhausbettchen an sich gedrückt hatte. Die Amme weinte, trocknete sich die Tränen mit dem Handrücken, und Mama machte ihr Vorwürfe und sagte, sie dürfe sich nicht so gehenlassen, sie müsse Mut schöpfen wegen der anderen Kinder. Die Puppe hatte einen Körper aus rotem Stoff und steife, ausgebreitete Arme, ich blickte Mama an, die auf einem Stuhl mitten im Zimmer saß, in Pelzmantel und Hut, mit in den Seidenstrümpfen frierenden Beinen.

Die Kinder liefen um mich herum, aber keines fragte mich etwas, und plötzlich hatte die Amme eines zu mir hingeschoben: »È istu, è istu«, hatte sie gesagt, er ist es, er ist es. Der kleine Bub zog sich widerspenstig zurück, während Mama mir erklärte, er sei mein »Milchbruder«. Ich sah den Jungen mit den nackten Beinen in den Galoschen an und begriff nicht, was uns verband, ich wollte nichts mit ihm oder mit anderen in diesem Raum gemein haben, wo es ranzig nach verkrusteten Pfannen und Speiseresten roch, ein Geruch, der in den Kleidern und den Haaren hing und in dem wiederzuerkennen ich mich fürchtete. Ein Geruch, der mich verwirrte wie das Licht, das anders war, Licht von armen Leuten. Eindimensional, feindlich. Der Bub hatte sich aus dem Griff der Mutter befreit und betrachtete mich von der Tür aus, die Amme schloß meine Hand um ein noch warmes Ei, hielt meine Finger in ihren fest, und ich blieb mit dem Ei in der erhobenen Faust stehen, ohne mich zu rühren. Beim Abschied bückte sie sich, um mich zu küssen, und ich fühlte ihre noch tränenfeuchte Haut an meiner Wange.

Kaum saßen wir im Auto, mußte ich mich übergeben. Mama hatte an die Scheibe geklopft, Francesco hatte angehalten, und ich war ausgestiegen, gerade noch rechtzeitig. Später hatte mich dann Francesco auf dem Arm ins Haus getragen, den Astura mit geöffneter Tür am Bordstein stehen lassend. Die Unauffindbarkeit der Alltagsgegenstände hatte mich solche Mühe gekostet, daß ich erschöpft die Wange an die Knöpfe seiner Uniform lehnte, die Hände um seinen geröteten Hals geklammert, zeitweilig beruhigt von der Stimme, die in seinem Brustkorb dröhnte.

Die Lampe im Eingang, das Klicken der Lifttür. Italias Muttermal. Doch Anne Marie war nicht da. Der sinnlose, mißglückte Abend zog sich zwischen den dunklen Wänden des Flurs hin bis zu meinem Bett, von dem man rasch die Überdecke weggezogen hatte, Symbol einer um sich greifenden Unordnung. Das Licht der Nachttischlampe, mit einem Tuch verhängt, fiel auf Italias friaulische Pantoffeln. »Und Anne Marie?« fragte ich kaum hörbar. »Heute ist Mittwoch, du weißt doch, daß sie nicht da ist«, antwortete Italia, während sie ihr breites, nach Huhn riechendes Gesicht über mich beugte, ein Ersatz, dem ich mich verweigerte, indem ich den Kopf zur Wand drehte. Und nichts und niemand konnte Anne Maries Rückkehr aus der Dunkelheit der Nacht vorhersagen. Nur Letizia in der Küche munkelte über das Unglück der »Herumtreiberinnen«.

Mittwoch. Was wußte ich über die Tage. Die Tramontana rüttelte an den Fensterscheiben in der Küche, und Letizia ging auf den Balkon, um die Putzlappen aufzuhängen, die Tür stieß gegen die Mauer, daß der Putz abblätterte. Italia kam und wärmte sich die Hände über den dampfenden Töpfen.

Auch die Sonne ist kalt, ich spüre, wie sie mir ohne Wärme ins Gesicht scheint, während ich auf Anne Maries Teller blicke, auf dem das Messer in das feste, glänzende Fleisch schneidet, die Gabel es mit einem letzten Ruck abtrennt. Die Ellbogen auf die Tischplatte gestützt, nähere ich mein Gesicht dem ihren: Anne Marie kaut langsam, bedächtig, und aus ihrem Mund kommt ein süßlicher, wilder Geruch. Hinter ihr, jenseits der Fensterscheiben, flattern die an der Leine hängenden Putzlappen im Wind, und rundherum ist alles graublau, der Spülstein, der Tisch, der Marmor, auf dem der Herd steht. Sogar die Anrichte, in deren Ritzen vom Fett verhärteter Staub nistet. Wie ein musizierender Engel, der die Flöte an die Lippen setzt, nimmt Anne Marie den Bissen von der Gabel, und ihre Haare leuchten dicht und hell wie das Harz an den Bäumen.

»Schmeckt es gut?« frage ich sie. »O ja, sehr gut!« Sie lächelt mir zu, und die Leber verschwindet zwischen den weißen Zähnen.

Ich spüre sie, Italia und Letizia, hoch über uns, feindselig, engstirnig fällen sie ihr Urteil, während Anne Marie weiter auf das Messer drückt, vollkommen unbeeindruckt von den starren Blicken auf ihren Teller, wo jeder Bissen eine glitschige Spur hinterläßt. Aber schon klappern Mamas Absätze den Flur entlang, sie kommt in die Küche, den Schlüsselbund noch in der Hand und den Pelzmantel halb offen, ihre weiche Schönheit kaum berührt vom Wind draußen. Sofort bemerkt sie, daß etwas ungewöhnlich ist, und ihr Blick wandert mißtrauisch von einer zur anderen. Letizia ist vom Tisch zurückgetreten: Die halbe Scheibe Leber liegt da auf dem Teller, während Anne Marie aufsteht, die Serviette an den Mund pressend. Mama, schon heruntergebeugt, um mich zu küssen, küßt mich nicht mehr, der Ekel läßt sie grau werden, trübt ihr Magnolienlicht und läßt die Zeichnung der geschminkten Lippen und Augen hervortreten. Was für eine Angewohnheit, die Leber roh zu essen, und außerdem ungesund, bestimmt ist das ungesund ... der Blick ist vorwurfsvoll, und die intoleranten, unvorsichtigen Augen urteilen schroff, während ihr milde Worte des Tadels über die Lippen kommen. Piemonteser sind falsch und höflich, sagt das Sprichwort, und sie wundert sich und rät ab, und überhaupt, ist jetzt etwa Essenszeit? Sie redet, und der Duft von *Jasmin de Corse* übertönt jenen anderen Geruch. Sie zieht mich an sich, aber ich leiste Widerstand, die Sohlen wie angewurzelt am Boden.

Im Stehen schluckt Anne Marie den letzten Bissen hinunter, und nur das Pochen der Ader am Hals weist auf eine gewisse Erregung hin. Unbewegt hört sie zu, die Hand um die Serviette geschlossen, kleine Tropfen oder vielleicht winzige Reste beflecken noch ihre Lippen. Der unschuldige Blick, von einem Blau, das in Weiß überzugehen scheint, fixiert Mama. Und kaum hat Mama ausgeredet, nimmt sie den Teller und kippt das, was von der Leber noch übrig ist, in den Abfalleimer.

Mit einem untertänigen und triumphierenden Lächeln hat Letizia es zwischen Kartoffelschalen und Kaffeesatz wieder herausgefischt: »Das Zeug kostet Geld, weißt du, man kann es nicht einfach so vergeuden, morgen bringe ich es ... ich weiß schon, wem.« Mit »ich weiß schon, wem« meint sie alle diejenigen, die nicht wie Anne Marie das Glück haben, im Haus vornehmer Herrschaften faulenzen zu können. Und während sie es sagt, schaut sie Mama an.

Die Leber liegt wieder auf dem Tisch, in dem vom Blut aufgeweichten Papier, in dem sie gekauft wurde. Anne Marie spült den Teller unter dem Wasserhahn, den blonden Hals in der Sonne. Ich habe das Papier beiseite geschoben: die Leber hat bei all dem Hin und Her die Frische verloren und wirkt jetzt blasser. Ich fasse sie an, sie ist glitschig, kalt. Mama hat wieder zu sprechen begonnen, sie mißbilligt meine Anwesenheit in der Küche, »das ist kein passender Ort für Kinder«, sagt sie, »man hört so viel von Unfällen«. Ich habe rasch den Kopf gesenkt, rasch die Leber gepackt und hineingebissen. »Was machst du da? Nachdem sie im Müll gelegen hat! ...« Mama reißt mir den Bissen aus dem Mund. Anne Marie hat sich umgewandt: ein seltsames, sinnbildliches und düsteres Lächeln huscht wie ein Schatten über ihr Gesicht. Und das Stück Leber, das Letizia, die Sparsame, noch einmal ins Papier wickelt, wird plötzlich zu einer erhabenen Schuld. Erlösung und Furcht. Unerschrocken biete ich mich Mama dar, den vorstehenden Bauch an der Tischkante, während mir das Herz in der Brust hämmert.

Später, vor einem Blatt Papier, pause ich mit Bleistift ein Haus in düsteren Farben ab, an dessen Tür eine übergroße Anne Marie mit gelben Zöpfen erscheint. Sie, auf einem blauen Stühlchen sitzend, das dem meinen gleicht, hört ab und zu auf zu stricken, um zu betrachten, was ich mache, und zwischen den Wimpern, fast so fein wie Entchenflaum, prüft und urteilt ihr Blick, während das Bild von den drei schlittschuhlau-

≈≈

fenden kleinen Mädchen hinter ihr dort zu hängen scheint, um ihr früheres Leben zu illustrieren. Jedes Mädchen hat ein anderes Lächeln, aber alle drei sind Anne Marie, gleichzeitig in ihrer Kindheit wiedergefunden. Eine Anne Marie mit vor Kälte gerötetem Gesicht und blauem Blick, der Klugheit und Mäßigung verspricht.

Ich habe die Hand vom Blatt genommen, damit sie besser sehen kann. Ich erwarte einen Vorschlag von ihr: auf dem unsicheren Gebiet, auf das ich mich vorwage, fürchte ich, sie werde mich dorthin zurückjagen, woher ich komme, wenn sie in mir, verkleinert, aber doch vom selben Schlag, Mamas verhaßte Züge wiedererkennt. Anne Marie rät mir, noch einen Baum mit roten Äpfeln zu malen. Doch während ich aus der Schachtel die richtigen Farben auswähle, hat sie schon jedes Interesse an meiner Zeichnung verloren: Ich muß gehen, sagt sie und steht auf. Bestimmt hat sie auf die Uhr geschaut. Und als mir plötzlich einfällt, daß Mittwoch ist, dieser Tag voll schwarzer Raben, die überall, wo sie sich setzen, ihre Spuren hinterlassen, versuche ich zu erraten, wohin, zu wem und zu was ihr »ich muß gehen« sie führt. Es regnet, sage ich zu ihr. Aber der Regen wird sie gewiß nicht aufhalten.

Sie ist aufgestanden, und die drei Mädchen in dem Holzrahmen haben schlagartig jede Bedeutung verloren, klein und ausdruckslos fahren sie jetzt hinter ihrem leeren Stuhl übers Eis. Allein vor meinem gerade begonnenen Baum beobachte ich, wie sie das lavendelfarbene Kleid, die Ziegenlederschuhe, ein sauberes Taschentuch aus dem Schrank holt; drei schmerzliche Momente, durchbohrt von schrägen Sonnenstrahlen, die nun trotz all meiner Regenwünsche das Zimmer überfluten. Bevor sie verschwindet, schon aus der Tür, ermahnt sie mich, brav zu sein und Italia zu gehorchen, ich höre ihr zu, mit gespielter Gleichgültigkeit am Bleistift lutschend, während meine Zähne ins Holz beißen.

Im Bad liegen auf dem Porzellan des Waschbeckens noch ein paar Haare, lang und gekrümmt, die sie zuletzt in ihrer Eile, ihrer schier rasenden Eile vergessen hat.

2

DIE STREITEREIEN zwischen Italia und Letizia erreichten höchste Lautstärke und endeten stets damit, daß Italia tränennasse Taschentücher zusammenknüllte und dann mit geschwollenen Lippen und geröteten Augen bei Tisch servierte, getröstet vom allgemeinen Mitgefühl. Die andere, Letizia, deren Augen nie eine Träne herauspreßten, und sei es nur bei Kälte oder Wind, rief sie vom Flur aus mit honigsüßer, freundlicher Stimme zur Übergabe der Schüsseln und wagte sich manchmal vor bis an die Eßzimmertür, um »das Apfelkompott für den Herrn Ingenieur« zu reichen, damit es ja niemand einfiel, negative Urteile über sie zu fällen. Urteile, die ihre großen Ohren auch durch geschlossene Türen vernahmen. Oder besser gesagt, im Schatten verborgen.

Am Ende ihrer kurzen Waden hatte sie zwei Kinderfüße, die sie liebevoll im Ausverkauf mit Schuhen versorgte. Und kaum hatte sie am Sonntagnachmittag, im Baumeln der krallenbewehrten Pfoten dessen, was einmal ein Fuchspelz gewesen war, die Dienstbotentür hinter sich geschlossen, ging ich in das Zimmer, das sie mit Italia teilte. Die Schranktür bebte, quietschte, gab plötzlich nach und offenbarte zwischen mehreren Paar alten zusammengerollten Strümpfen ihre Aschenbrödel-Schuhe. Alle gleich ausgetreten, von ihren Gängen zum Markt, das Leder rissig vom Biegen des Fußes. Sie anzuziehen bedeutete, heimlich in eine verbotene Dimension von Liederlichkeit und Macht zu schlüpfen.

Über mein Spiegelbild, auf den Absätzen balancierend, schoben sich undeutlich und aufregend die Bilder, die ich einmal im Kino oder beim Durchblättern einer Illustrierten gesehen hatte. Es waren die Küsse blasser Pierrots in Mondnächten. Aber auch der Peitschenhieb des Sultans auf den Rücken der Sklavin, wo er dunkel und qualvoll das Zeichen des Besitzes hinterließ. Die Wonne ausgedachter Zärtlichkeiten und die Schreie, das plötzliche Zucken. Die Raserei. *Wie einen Kelch Champagner will ich dich trinken* – hieß es in einem alten Lied von Mama – *In deinen Armen vor Lust vergehen ...*

Das Knarren dieser Absätze durchbrach die lastende Stille des Sonntagnachmittags, und unsicher, hinkend ging ich vorwärts in dem Licht, das die glänzenden Fußböden zurückwarfen. Ich kam an der vereinsamten Küche vorbei, wo die vom Aufwischen noch feuchten Bereiche dunkler waren, ähnlich wie Wolkenschatten, und erreichte die Tür des Zimmers, in dem Anne Marie saß, einen Pullover über den Schultern, die starken Waden vor dem blauen Stühlchen aufgepflanzt. Sie saß nicht aufrecht, sondern entspannt, die Hände träge im Schoß. Anne Marie wie ein Mädchen vom Land vor der Haustür, auf unerklärliche Weise in diesem Zimmer mit lackierten Möbeln gelandet, wo durch die Fensterscheiben graue Travertinpalazzi zu sehen waren. Wie hatte ich nur eine Gemeinsamkeit zwischen ihr und den drei kleinen Mädchen vermuten können, die in dem sechseckigen Rahmen übers Eis liefen, den schlanken, leichtfüßigen Mädchen mit bunten Schals und Pelzmuff, mit silbern funkelnden Schlittschuhen? Die gelockerten Zöpfe und der kräftige, in den zu kleinen Stuhl gezwängte Körper ließen sie plump erscheinen, verloren in der Fremdheit dieser Gegenstände, in denen ich mich von Geburt an wiedererkannte. »Anne Marie, schau!« sagte ich, ihr meine Bravour auf den Absätzen vorführend. Aber ihr Gesicht, dessen Züge entstellt wirkten, aber vielleicht nur ihre ursprüngliche Form zeigten, blieb gänzlich unbeeindruckt von meiner Stimme. Dann fiel ihr Blick auf die Schuhe: »Aber bitte schön, wie ist es möglich, solche Schuhe anzuziehen!« sagte sie, angeekelt die Nase rümpfend.

Es stimmte, die Schuhe waren alt und stanken; und plötzlich, durch die Wärme, die von den hart gewordenen Sohlen aufstieg, gingen mir die unglücklichen, übelriechenden Jahre Letizias unter die Haut. Die Erinnerung an ihre durch die Arbeit verunstalteten Füße mit den grünlichen Zehennägeln flößte mir Abscheu ein. Weg, weg mit diesen Schuhen, in denen das Elend wuchs wie eine vom Schweiß bittere Pflanze. Das Elend der Amme. Das Elend von Domenico, dem Portier, den ich manchmal atemlos auf der schmalen dunklen Treppe aus dem Souterrain auftauchen sah, wo er zusammen mit Frau und Tochter wohnte; auch wenn ich auf dem Trottoir vorbeiging, konnte ich durch das von alten Staubflusen verstopfte Gitter unten seine Wohnung sehen, die eher einem Keller glich.

Nachdem sie mir befohlen hatte, die Schuhe sofort an ihren Platz zurückzustellen, hatte Anne Marie wieder zu stricken begonnen. Wenn sie gelacht hätte über mich auf diesen schiefen Absätzen, hätte sie dem Nachmittag, unserer gemeinsamen Einsamkeit, unserer, wenn auch verschiedenen, Jugend noch eine unerwartete Freude schenken können. Statt dessen blieb der Sonntag beklemmend und eng, und auch die Sonne, die zwischen dem Grau der Palazzi gesiegt hatte, machte unsere Bewegungen nur noch lustloser. Eine Langeweile ohne Zorn ließ mich langsam den Flur zurückgehen, den ich zuvor mit soviel Übermut gekommen war. In Letizias Zimmer standen meine Pantoffeln mit ihrem guten Pudergeruch verlassen in einer Ecke. Aber eine Trübung, Limbus der Träume, hatte dem

Tag jeden Glanz genommen, und mein Bild im Spiegel erschien mir auf trostlose Weise immer gleich, mit Schürzchen und der Spange im Haar. Nur die roten Pantoffeln auf dem Boden zeugten, leer, von einem Augenblick, der anders gewesen war. Aber ähnelten sie nicht doch schrecklich den Pantoffeln von Paulinchen, die unversehrt neben einem Häufchen Asche standen?

Hörte man Letizia, so war ihre Tochter wunderschön, und kein Kleid konnte, was die Feinheit der Stickerei betraf, mit den Kleidern ihrer Mariuccia mithalten, die aufs »Klosterinternat« ging, wie Francesco sich ausdrückte. Sobald ich ihr den neuen Mantel oder das rosa Taftkleid zeigte, schüttelte Letizia den Kopf mit den ungepflegten, strähnigen weißen Schlangenhaaren. »Mariuccias ist viel schöner«, sagte sie, das, was ich ihr da auf dem Kleiderbügel hängend vorführte, kaum eines Blickes würdigend; und mit einem Ruck zog sie den Stöpsel aus dem Spülbecken und ließ das Wasser ablaufen, in dem Gemüsereste und Brotstücke schwammen, aufgequollen wie Ertrunkene.

»Glaub's nicht«, sagte Francesco, »sie lügt«, und seine karge, gewiefte Sprechweise, entstanden und erworben in der Via dell'Arco della Ciambella, brachte wieder Ordnung in die Hierarchien. Er wetterte gegen die Frauen im allgemeinen und Letizia im besonderen. Letizia antwortete nicht: in dem Gesicht mit den hohen, hageren Wangenknochen bewegten sich ihre Pupillen einer kleinen, alleinstehenden Frau aus der Ciociaria aufmerksam wie bei Vögeln. Francesco, aufrecht in seiner dunkelblauen, mit doppelter Knopfreihe geschmückten Uniform, kaute auf seiner Toscano, und in den Geruch der Zigarre mischte sich ein Hauch von Lavendel, der vielleicht von einer Seife oder Brillantine herrührte und mir wundervoll erschien. Schaukelnde Ringe an den langen Ohrläppchen, schlich Letizia um ihn herum, und er spottete über ihre mutmaßlichen Verehrer, über die Schönheit von Mariuccia, über das Klippklapp der Absätze.

Ab und zu erweckte es den Anschein, als begünstige das Spiel Italia oder Anne Marie, aber in Wirklichkeit galt es ihr, und das genügte Letizia. In der Handbewegung, mit der sie den Wasserhahn aufdrehte und dabei jede mögliche Rivalin naß spritzte, lag eine faktische Überlegenheit, unausgesprochen, aber unantastbar. Manchmal tropfte das Wasser auf Anne Maries Schuhe, spritzte auf ihre Beine, dann wurde sie blaß vor Wut, während Letizia den Strahl unbeirrbar weiter schäumend in den Eimer rauschen ließ, bis ihre gedrungenen, schneeweißen Arme bedeckt waren und sie klatschnaß, aber triumphierend sagte: »Weg da, schhh, schhh, ich muß den Boden putzen.«

Bei Francescos Klingeln lief ich zur Dienstbotentür. Ich zog mich am Riegel hoch, um den Spion zu erreichen, und mein Blick traf auf seinen, leicht vorstehend, sanguinisch, ruhig und stolz. Sofort rutschte ich hinunter, um ihm zu öffnen, und er nahm mich auf den Arm, dann konnte ich das rötliche Mal auf seiner Wange berühren, Erinnerung an den Großglockner, als alle mit rauchenden Motoren am Straßenrand hatten aufgeben müssen und nur er, die Bergfahrt des Autos mit dem Schaukeln des Oberkörpers begleitend – so als könne die Muskelkraft die Stärke des Motors erhöhen – mit dem Astura triumphierend am Fuß der schimmernden Gletscher Osttirols angekommen war. Und als er dort oben den Deckel des Wasserbehälters abgeschraubt hatte, war ihm eine kochenden Fontäne ins Gesicht gespritzt.

Am Sonntagmorgen kam er in Zivil, den langen Regenmantel geöffnet über dem braunen Zweireiher. Er brachte eine besondere Mozzarella mit, riesige Datteln, etwas, das nur er finden konnte. Der braune Blick unter der Hutkrempe flößte Hochachtung und Respekt ein. Er hielt sich nicht lange auf und gestattete den Frauen keine Vertraulichkeiten, nur die Zeit, um am Küchentisch einen Kaffee zu trinken. Während er wartete, daß sie ihn zubereiteten, kniete ich mich auf einen Stuhl, um auf einer Höhe mit ihm zu sein. Ich wollte, daß er mir die Fotografie zeigte, auf der er ma-

≈≈

ger und wunderschön am Lenkrad eines Militärlastwagens saß, 1917, bevor ihm auf dem Rückzug von Caporetto eine Granate das Bein zersplitterte. Er lachte über mein Staunen: »Das bin ich, wirklich ich.« Es war das Foto, das seine Verlobte sich in den Kriegsjahren unters Kopfkissen gelegt hatte. »Und die Verlobte?« fragte ich. »Die? Die wollte mich nicht mehr.« »Wie, sie wollte dich nicht mehr?« Das war unmöglich.

Hinter uns murmelte Letizia etwas über das »Schicksal« und schloß in diesem Wort die Gesamtheit aller Kümmernisse ein, vom Krieg bis zu Mariuccias Weinen, wenn sie am Sonntagabend ins Internat zurückmußte. Aber mir war das Schicksal egal, und die Ellbogen auf den Tisch gestützt, wollte ich noch einmal die Geschichte von dem »schönen und guten« Mädchen hören, die als Schneiderin arbeitete und Francesco eines Tages aus Versehen mit der Schere verletzt hatte. Einen jungen, fröhlichen Francesco, dem sie über das schwarze Rad der Nähmaschine gebeugt zwischen Bergen von Seide, Atlas und Spitzen zulächelte. Ich strich mit dem Finger über die Narbe an seiner Handfläche: Sie hatte es nicht absichtlich getan, sagte er; als sie das Blut hervorquellen sah, hatte sie zu weinen begonnen und zum nächstbesten Stoffstück gegriffen, um all das Rot aufzuhalten. Das Unglück wollte, daß es sich dabei um die Bluse einer vornehmen Dame handelte. Wegen jener Bluse war ihre Liebe zu Ende gegangen.

»Ein böses Mädchen«, sagte ich. »Nein, sie war ein Engel.« Die Hexe war die andere, die Mutter, immer bereit, sich einzumischen. An jenem Tag hatte sie ihn beschimpft, ständig stehe er da im Weg, anstatt sich eine rechtschaffene Arbeit zu suchen, bei der man reich wurde und einen Laden eröffnen konnte. Ihr Geschrei war durch alle Stockwerke des alten Mietshauses in Trastevere gehallt, während das Mädchen stumm weiter weinte. Türenschlagend war Francesco an jenem Tag gegangen und nicht mehr zurückgekehrt.

Letizia, mit Kaffeekochen beschäftigt, wandte uns den Rücken zu, wo die zu große schwarze Schürze zwischen den Schulterblättern Falten warf. »Konntest du sie denn nicht trotzdem nehmen, auch wenn die Mutter es nicht wollte?« fragte sie böse, traurig, neidisch. Doch an dem Tag, an dem Francesco das Mädchen hinten in der Augustinerkirche wiedergetroffen und so hatte mitnehmen wollen, wie sie war, mit dem Schultertuch und basta, da hatte dem Mädchen der Mut gefehlt.

Der Kaffee floß langsam aus der Zotte der neapolitanischen Kaffeemaschine, und für einen Augenblick schien Letizia in den Gesten die Sanftmut ihrer fernen, in einem Ziegendorf verbrachten Jugend wiederzufinden. Plötzlich zahm, schenkte sie ihre Ergebenheit jenem allein lebenden Mann, der in seiner Küche Kanarienvögel im Käfig hielt, die Brutzeit erwartete und

≈≈

beobachtete. Eine persönliche Sauberkeit, die eine eigensinnige Verpflichtung darstellte, die Rettung. »Na ja, wenn es nicht Schicksal ist …« Diesmal sagte Letizia es halblaut, wie ein Stoßgebet. Und das »Schicksal« wurde zu einem großen Vogel, der durch das Kirchenschiff flog, um den reglosen Engel hinten in der Kirche mit sich fortzutragen.

Doch Francescos bedächtige, ironische Art zu sprechen eröffnete unvorhergesehene Freiräume: »Unvernünftige Frauen mit Spatzenhirn …« Und wenn das »Schicksal« die Verlobte geholt hatte, Letizia, und sich eines Tages vielleicht auch Mariuccia nehmen würde, so würde ich von Francesco gerettet werden. Ich betrachtete seine Hände, die zur rechten Zeit die rechte Bewegung machten, berührte sie dort, wo die Schere ihn geschnitten hatte. Und in plötzlichem Überschwang sagte ich: »Francesco, ich habe rohe Leber gegessen!« Ich lieferte mich seinem Blick aus; und seine Augen, besänftigt von uralter Kenntnis des Schmerzes, umfaßten in ihrem grenzenlosen Horizont auch meine rohe Leber. Ich lachte darüber wie über eine Heldentat. Anne Marie stand in der Tür, und ihr seltenes, kurzes kehliges Lachen pflichtete mir bei. Für ein Mal schien mir, als sei im Universum alles vereinbar: Wie der heilige Christophorus lud sich Francesco unsere kleine bleierne Welt auf die Schultern, und wir gelangten glücklich ans andere Ufer.

Er war es, der uns morgens zur Schule brachte, und hatte der Astura noch im Dunkel der Eichen die Viale Washington passiert, wurden wir zwischen Weißdornsträuchern die Kurven von Valle Giulia hinuntergeschüttelt. An Regentagen folgte, kaum bogen wir vom Piazzale del Fiocco ab, auf die Stille der Allee das laute Getrommel der Tropfen auf das Metalldach.

Gleich nach dem Ankommen ließ uns Madre Gregoria in einer Reihe antreten, um unsere Fingernägel zu inspizieren: die der Mioni-Mädchen waren immer schmutzig, und ich spreizte befriedigt die Finger, um meine herzuzeigen, wo Anne Marie mit der Spitze der Feile tief eingedrungen war. Ein lebensgroßer Christus vor uns segnete uns und bot dem kalten Licht der Eingangshalle sein glattes Gesicht dar, das weder Krankheit noch Schmerz, Kreuz oder Dornenkrone kannte, sondern unverändert blieb in seiner abwesenden Schönheit, ob es nun regnete oder wir Schnupfen hatten. Gleichgültig sogar gegenüber dem zerrissenen Gewand auf seiner Brust, wo die schmale blasse Jünglingshand auf ein rotes Herz aus Gips zeigte.

Zwei und zwei gingen wir los in die Kapelle, und diesmal erschien uns am Ende des Korridors die Madonna. Kleiner als der Christus, hatte sie klare, morgendliche Farben und breitete vor der kindlichen Brust mütterlich die Arme aus; aber unter ihren rosigen Füßchen streckte die Schlange eine gespaltene rote Zunge

≈≈≈≈≈≈≈≈≈≈≈≈≈≈≈≈≈≈≈≈≈≈≈≈≈≈≈≈≈≈≈≈≈≈≈≈≈

heraus. Die schwarzgekleidete Laienschwester zupfte noch die Blumen in der Vase vor dem Podest zurecht und trat bei unserem Vorübergehen zur Seite, leise weiter ihr Gebet murmelnd. Manchmal begegneten wir der Mutter Oberin: auf unsere Verbeugung antwortete sie mit einem unmerklichen Heben ihres grauzerfurchten Gesichts, ohne den Schritt zu verlangsamen, gedrängt von seraphischen, ernsten Pflichten. Hoch oben in dem kleinen Aussichtsturm, wo die Sonne brannte wie eine sengende Flamme, buchstabierte sie das Wort Gottes. Und dort, zwischen Wolken und Vögeln, verdoppelte sie die Münzen für das Himmelreich.

Sie war die Vertraute von Kardinälen mit Käppchen aus Mohair, großen Tortenessern, die einmal im Jahr kamen, um bei der Firmung das Chrisam zu verteilen, indem sie den Daumen fest auf die Stirn der Firmlinge drückten. Nach der Zeremonie schritt sie ihnen voran zum Sprechzimmer, wo auf einer langen, weiß gedeckten Tafel das Frühstück bereitstand, sie aßen bedächtig und geziert, die großen, violetten, mit Knöpfchen übersäten Bäuche herausstreckend, und hielten ab und zu inne, um einer besonders frommen Nonne einen ins weiche Fleisch ihrer Finger eingebetteten Amethyst zum Kuß hinzuhalten. Als Überbringer besonderen Segens des Heiligen Vaters kamen sie zu unseren Aufführungen zum Jahresende, wenn wir als Rothäute oder Maikäfer verkleidet aus einer riesigen Pappschachtel heraussprangen. Bei diesem Anlaß saß sie zwischen ihnen, die Augen halb geschlossen, uralt und ehrwürdig in der makellosen Reinheit der Ordenstracht, die Hände verkrampft wie kleine Krallen auf dem Gold des Sessels.

Aber an hohen Feiertagen, einen Mantel umgelegt, der weit abstand wie die Flügel des Mantarochens, segelte sie in einer Weihrauchwolke bis zum Altar und warf sich dort nieder. Die Kerzenflammen zitterten rund um ihren liegenden Körper, ein kleiner buckliger Hügel auf dem gelblichen Marmor des Fußbodens. Wenn der Weihrauch allmählich durch das Glasfenster abzog und zwei Nonnen ihr beim Aufstehen halfen, hörte man unter dem Mantel fein und brüchig die Knochen knirschen, und sie hob das Gesicht, in dem die Lider flatterten, während das Blut langsam, erdig zurückströmte.

Und Madre Cecilia begann das Solo. Die Stimme erhob sich über die anderen und bewegte die Blätter jenes Paradieses, in dem Langeweile und Ekstase in Miniatur dargestellt waren, wie Pagoden und Bäche in chinesischen Gärtchen. Eine sichere Kopfstimme. Die Töne lösten sich vom Rund ihres Mundes mit bewundernswerter Gewißheit, Pausen und Kadenzen wechselten ab in einem Gleichgewicht, das kein Zögern

≈≈

kannte. Überaus sanft und schrecklich, erstrahlte ihr Blick, beseligt von der eigenen Macht.

Sie gab mir Klavierstunden. Um die Zeit der Nachmittagspause kam sie mir entgegen, auf dem Saum ihres Rockes schwebend, fast als bestünde sie aus einer anderen Substanz. Ihr Gesicht lächelte heiter unter den Falten der strahlenförmigen Haube; aber manchmal, bei einer unerwartet hastigen Bewegung, schauten ihre großen schwarzen Schuhe unter dem Rocksaum hervor, verräterisch wie die Pfoten des Wolfs unter dem Schafspelz. Sie nahm mich Madre Gregoria weg, trennte mich langsam, aber unerbittlich von dem Korb mit Quittenbrot, und ich ging mit ihr in den Musiksaal hinunter.

Sie gab mir das »Tempo« vor und den Einsatz für die Noten, mit ständigem strahlendem Lächeln: Aber die Lippen, die sich über dem schönen kompakten Gebiß öffneten, hatten etwas Grausames. Wenn ich einen Fehler machte, blitzte das Rund der Schneide- und Eckzähne wider ihren Willen triumphierend auf und sie quetschte mir mit unaufhaltsamem Schwung die Hand auf die Tastatur. Der Schlag war hart, entlockte dem Klavier einen rohen, kreischenden Ton. Klein und schmal, mit zerbrechlichen Nägeln, stieß meine Hand schmerzhaft an die schwarzen Tasten. Durchs Fenster sah ich den flachen Hang mit den Erdbeeren, wo sich, vom Wind bewegt, Suor Lucillas Rock hob. Die Tränen saßen mir im Hals und erstickten jede Klage, traten mir in die Augen, wo ich sie gewaltsam zurückhielt und sie den Blick auf den Hang verschleierten. Und nur an diesen Hang versuchte ich zu denken. Sie beobachtete mich, lauerte, mit auf der Tastatur erstarrten Fingern forderte ich ihre peinliche Untersuchung heraus. Bei ihrer schmeichelnden, plötzlich sanften Stimme biß ich mir auf die Lippen, die Hände an die Tasten geklammert, während mein zugeschnürter Hals eisern das Weinen zurückhielt.

Wenn ich zu Madre Gregoria zurückkehrte, ging in einer Lichtlache in der Stille der Flure die Sonne unter. Ich zog den Kittel aus und hängte ihn an den Kleiderhaken, um mich mit den anderen in eine Reihe zu stellen. Wenn noch ein paar Minuten blieben, bevor es Zeit war zu gehen, führte uns Madre Gregoria zu der Fensterfront am Ende des Flurs und zeigte uns den kleinen Zug der Linie Roma-Nord, der wie eine Spielzeugeisenbahn durch die Felder dicht am Tiber fuhr. Einmal war der Tiber über die Ufer getreten, und der blutrote und schiefergraue Sonnenuntergang spiegelte sich in der Wasserfläche: der kleine blaue Zug stand halb überflutet mitten in der fahlen Landschaft. Aber der Teufel war weit weg, jenseits des dunklen, eckigen Soratte, und die Schwerter aus Licht, die an den Wolkenrändern funkelten,

≈≈≈≈≈≈≈≈≈≈≈≈≈≈≈≈≈≈≈≈≈≈≈≈≈≈≈≈≈≈≈≈≈≈≈≈≈≈

jagten ihn immer noch weiter weg. »Mit der Macht Gottes«, sagte Madre Gregoria.

Der Teufel verbarg sich im Schliff der Spiegel in Mamas Zimmer. Zeigte sich blitzartig zwischen den gebrochenen Strahlen der Nachttischlampe. Dort trieb der Teufel sein Unwesen, violett und gelb gesprenkelt.

Anne Marie beugte sich herunter, um mir zu trinken zu geben, und im Halbdunkel eröffneten der Mund und die umgedrehten Nasenlöcher in ihrem hellen Gesicht mir neue Horizonte. Ihre Lippen bewegten sich über dem rosa Zahnfleisch, so daß der kaum wahrnehmbare Schatten des Flaums darauf zitterte. »Da ist der Teufel ...«, sagte ich. Anne Marie lacht, lacht mit weich und dunkel bebendem Gaumenzäpfchen, richtet sich auf und fährt mit der Hand über die regenbogenfarben schillernden Spiegelkanten. »Der Teufel? Aber wo?« Sie öffnet die Tür des Schranks, in dem Mamas Kleider im Dunklen hängen, schüttelt sie ein wenig, und der Duft von *Jasmin de Corse* steigt aus den Falten der Seide auf: »Wo?« Die Kleider fallen wieder herab, hier ist niemand, sagt sie; aber hinter ihr zwinkert der Teufel, mit grünlichen Zungen. Ich will ihre Hand, um sie auf meine glühende Stirn zu legen. Kühle Adern durchziehen ihre leicht geschwollene Handfläche, wo die feinen Linien ihres Lebens eingezeichnet sind. Eines Lebens, das sie eines Tages weit von mir fortführen wird. Doch das Fieber ist stärker, im Nu hat es Handfläche, Finger, Stimme angesteckt. Alles ist matt und heiß.

Professor Luzzatto sagte: »Ich würde einen Einlauf machen«, und seine mit der Untersuchung unzufriedenen Augen betrachteten mich forschend unter den wild wuchernden Brauen. Aus den Manschetten wuchsen ihm Haare bis auf den Handrücken, was eine verdächtige Ähnlichkeit andeutete (hinterher, sagten sie, sei Rotkäppchen wieder heil aus dem Bauch des Wolfs herausgekommen, aber wie war das möglich, wenn der Wolf es kauend verschlang?). Die Finger klopften knochig zwischen den Schulterblättern, ich erstickte ein Kichern in dem fast bis zum Mund hochgezogenen Hemd; als sie dann aber wie häßliche Pfoten auf meinen Bauch drückten, suchte ich mit plötzlich erneuertem Mißtrauen Anne Maries Hand. Der Professor legte mir das Ohr auf die Brust, und die welken Augenlider klappten in der Konzentration herunter; ich spürte seinen Atem wie ein Röcheln und spannte die vom Fieber geschwächten Muskeln an, während ich die Augen schloß, um in der Dunkelheit einen letzten Schutz gegen dieses borstige, fleischige Drücken auf meiner Haut zu finden. Eine Berührung, die ich fast so sehr fürchtete wie den »Einlauf«, jedesmal hoffte ich, es handle sich um einen Lauf, aber nein, es handelte sich immer um die verhaßte Gummispritze, rot wie Siegellack, aus deren Spitze es ekelerregend nach Kamillenklistier roch.

Professor Luzzatto ist Jude, aber ohne goldenen Stern. Er ist ein »konvertierter« Jude. Welcher Zusammenhang zwischen ihm und dem Negerlein aus bemaltem Eisen besteht, das zum Dank jedesmal mit dem Kopf nickt, wenn ich beim Bäcker eine Münze in die Sammelbüchse stecke für seine Bekehrung, ist unklar. Das Negerlein ist halb nackt und wild, während der Professor einen pelzgefütterten Mantel besitzt und Mama ihn so sehr fürchtet, daß sie ihn anlügt. »Regina ...«, flüstere ich ganz leise, während er sich über mich beugt, doch er gibt nichts zu erkennen, gleichgültig kräuselt sich sein graublauer Bart um den Mund. Dennoch weiß er vielleicht, wo sie ist, was sie macht, geheime Bindungen werden manchmal offenbar. Ein Satz, eine Geste und er ist bei Regina mit dem goldenen Stern. »Regina«, wiederhole ich und lauere, entsetzt über meinen eigenen Mut, auf ein komplizenhaftes Zeichen des Einverständnisses. Aber er verrät sich nicht. Und wenn er, nachdem er außer dem Einlauf noch Leinsamenumschläge verordnet hat, die Wohnung wieder verläßt, reinigt Anne Marie die Türklinken mit Alkohol.

Es ist spät, das Licht der Straßenlampen fällt auf die Arabesken der Tapete. Italia kommt, um die Fensterläden zu schließen: schlagartig umgibt die Nacht den weißen Aufschlag des Leintuchs, und die tiefgrüne Tapete, ausgewählt an einem glücklichen Morgen von der jungen Braut (*diese*, mußte Mama gesagt haben, *diese*, da ihr dieses Grün eine wunderbare Zukunft zu verheißen schien), wird im Dunkeln zu einem Wald voller Schatten. Anne Marie rührt auf dem Spirituskocher den Leinsamen um und erzählt mir dabei das Märchen von den *Sieben Raben*. Mit vom Fieber schweren Augen höre ich zu, während das Krächzen der unglücklichen Vögel sich mit dem Kratzen des Löffels im Töpfchen vermischt. Ich betrachte Anne Marie: in dem wunderbar zwischen den blonden Zöpfen schwebenden Gesicht kommt mit Blutströpfchen das Fingerchen zum Vorschein, das die kleine Schwester sich abschneidet, um es als Schlüssel zur Rettung der Brüder zu verwenden. Dann kommt das Märchen von *Ginepro* dran, von der Stiefmutter, die ihrem Stiefsohn den Kopf abhackt, ihn in die Truhe steckt und ihn dann an die Haustür setzt, den Kopf mit einem Tuch an den Körper gebunden. Anne Marie pustet auf die Gaze, um den Leinsamen abzukühlen, ich verfolge ihre Bewegungen, die sicheren Handgriffe, das Hin und Her ihres großen festen Körpers, in dem die Töne aller Märchen der Welt entstehen, und das Knarzen ihrer Schritte gibt mir ein beinahe wildes Gefühl von Sicherheit. Eine Erschöpfung, die vom Fieber kommt, aber auch vollkommene

Hingabe an jene tröstliche Kraft ist, die anhält, solange sie bei mir bleibt in jenem Zimmer, das nicht unseres ist, das wir aber jetzt gemeinsam besitzen, sie und ich.

Der Umschlag legt sich mit abstoßender Geschmeidigkeit um meine Brust, und sein Geruch schlecht aufgegangenen Teigs wird beinahe zu einem Geschmack auf den rissigen ausgetrockneten Lippen. Ihre Hand streicht mir die verschwitzten Haare aus der Stirn, das Herz schlägt mir bis zum Hals, erhitzt vom Fieber und von all dem Blut, das aus der Truhe gequollen ist. Aber sie ist da, und wenn ich die Hand ausstrecke, kann ich sie in ihren Schoß legen und durch den Stoff ihren kräftigen Körper spüren. Selbst das Timbre ihrer Stimme ist ein Panzer, hinter den ich mich flüchten kann, um mich zu freuen und zu leiden, zusammengekauert in ihr. Dann übermannt mich langsam der Schlaf, ein trüber, schwerer Schlaf, ab und zu von Mamas Fingern unterbrochen, die sich zwischen Pyjama und Hals schieben, um das Fieber zu fühlen, von Italias Stimme und der kochendheißen Suppe, fast so ekelerregend, als tropfte sie von den metallenen Haltegriffen der Straßenbahn herunter. Und in dem von einem Tuch gedämpften Licht dringen aus mühsamem, unüberwindlichem Abstand Giannettos Rufe zu mir, seine Klage *ins Bett, ins Bett, ins Bett geh ich nicht ...* prallt gegen meinen Schlaf, schleudert und verliert sich, fällt ins Leere wie ein Körper, der in eine Felsspalte rutscht. Was kann ich tun, Giannetto, blind und taub in meiner Erschöpfung.

Im Morgengrauen war das Fieber auf dem Kissen ein feuchter Flecken von Schweiß und Speichel, abstoßend wie etwas schon Verdorbenes; und die erste Straßenbahn, die in die Kurve ging, nahm die letzten Überbleibsel mit fort, Reste einer langen, durstigen Schlaffheit. Das Rütteln der Wagen hallte in der Stille nach, und in der Ecke tauchte die kleine Madonna von Lourdes auf ihrer Konsole aus dem Schatten auf, mit der erloschenen gipsernen Reinheit der Seelen der Kinder, die ungetauft gestorben waren, der Ungewißheit von Stränden an bewölkten Vormittagen ausgeliefert.

Mama schlief noch am anderen Ende des Bettes, und aus der Dichte ihres Haars erhob sich ein wässeriger, fast weinerlicher Atem. Immer wieder fuhr ich mit den Fingern über die Girlanden am Kopfteil des Bettes aus Nußbaumholz, und die Fingerspitzen glitten über die Kanten der Rosen, um dann unvorhersehbare Spiralen entlangzustreifen, Schluchten einer Landschaft, herb und süß zugleich. Daneben auf dem Nachttisch, auf dem Zifferblatt des Weckers, stützte sich ein halbnackter alter Mann zwischen flockigen Wolken auf die Weltkugel. Das ist die Zeit, hat Mama gesagt. Aber das scheinbar schnelle Ticken war in Wirklichkeit von astraler Langsamkeit: und das Kommen und Gehen der Sterne, die Bestürzung, die ich auf dem Rücken liegend beim Anblick der Wolken am Himmel empfand, verdichteten sich in jener majestätischen Haltung eines Greises, nicht verzagt, sondern verherrlicht durch die Nacktheit. In ihm endete jener in der Stille der Wohnung kalte, menschenleere Morgen und zeugte von einer unbeweglichen, immer gleichen Zeit. Ich fror nicht, hatte keinen Hunger, hatte keinen Durst und keinerlei Schmerzen mehr, und jenes Bild gab mir ein unerträgliches Gefühl von Leere, als verwandelte die Welt, auf die der Mann sich mit solcher Natürlichkeit stützte, eine einfache, blaugefleckte Kugel, uns und besonders mich in einen unendlich winzigen Bruchteil eines unendlich winzigen Sandkorns. Und nicht einmal, daß ich Papas Platz eingenommen hatte, Privileg der schweren Krankheiten, konnte mich hinwegtrösten über den fehlenden Anblick der Pfirsichzweige an den Wänden meines Zimmers und der Puppen, die im ersten Morgenlicht ihre erstaunten Gesichter hängenließen.

Ich wartete. Zwischen den mit Pastell kolorierten Fotografien trat aus dem Schatten das andere Bild heraus, der hellblonde Lockenkopf des Jungen, auf den Mama vergeblich während ihrer Schwangerschaften gehofft hatte. Nie geboren, beanspruchte er mit seinem Grübchenlächeln und seiner engelhaften Schönheit die

Bewunderung, die uns, ohne Locken und siegreiches Lächeln artig auf einem Kissen sitzend, verwehrt wurde. Aus seinem Winkel wandte er mir das übertrieben runde Gesicht zu, während die bloßen, weichen kindlichen Schultern anmaßend aus dem Dämmerlicht auftauchten. Die Augen von einem Himmelblau, das ins Grau hinüberspielte, starrten mich voll Boshaftigkeit an: ein überirdisches, hinterhältiges Wesen, dessen Haut glatt und hell wie eine Perle vor dem samtblauen Hintergrund schimmerte.

Und plötzlich begann aus seinen zu roten Lippen jene unaussprechliche, weil namenlose Materie zu strömen, deren Erfahrung jenseits der Worte stattfand. Machtvoll und behutsam, zart, absolut kroch sie über meinen Körper und besetzte jeden Raum, jede Ritze in mir und außerhalb von mir. Regungslos konzentrierte ich mich im Bett darauf, damit sie sich nicht plötzlich zurückzog und mich der Leere jenes Morgens auslieferte. Sie war mein fühlbares Zeichen von Glück, und mit geschlossenen Augen spürte ich, wie sie sich in die Halsbeuge, zwischen die Fingergelenke schmiegte. Ich spürte sie im Mund jede nächtliche Traurigkeit verscheuchen.

3

ONKEL NINO wickelte die Fadennudeln um die Gabel, dann schob er sie auf den Löffel mit Brühe, die Bewegung der schönen Hände war einfach, natürlich. Aber unnachahmlich. Nach einem verweinten Sonntag bediente Italia ihn kummervoll, hüllte ihn beim Auswechseln seines Tellers fast in eine Umarmung, aus der sie sich nur mit Mühe löste. Ich saß mit Anne Marie am Ende des Tisches, und zwischen den beiden Ecken ihres Spitzenkrägelchens glitzerte eine kleine Markasitbrosche; und wie an jedem Sonntagabend wurde ihr Schweigen wachsamer, weil sie sich im Zentrum der Aufmerksamkeit fühlte. Onkel Ninos Lächeln war zärtlich, nachsichtig, das Braun der Iris verschwommen: nebelhafte Familiengeschichten lasteten auf seinen Zügen mit den schlaffen, von schlechter Verdauung fleckigen Augenringen. Armer Onkel Nino, der keine Kinder hatte und vielleicht deswegen an einem Magengeschwür litt.

Für ihn ließ Mama gekochtes Huhn zubereiten und

kaufte Ölbrötchen, die sich leicht klebrig anfaßten. Die Senffrüchte tropften auf das elfenbeinfarbene Fleisch, noch feucht von der Brühe, und verwandelten sich in die Smaragde und Rubine Sandokans; und während der Onkel behutsam Italias Arm wegschob, um ihr zu bedeuten, daß er genug davon genommen hatte, blitzte Ironie in seinem Gesicht auf, mit der er das dunkle, in makellose Musketiermanschetten gezwängte Mannweib lächerlich machte. Doch Italia mit dem blassen Muttermal, an dem sie die Härchen abgeschnitten hatte, bemerkte nichts und lächelte glücklich über die Berührung jener Hand. Ohne den Kopf zu heben zog Anne Marie meinen Teller zu sich herüber, und während sie mit dem Messer das Fleisch vom Hühnerknochen löste, beantwortete sie den Blick von der anderen Seite des Tisches mit einem kaum merklichen, aber unmißverständlich komplizenhaften Lächeln. Und das Licht, das auf ihre gewölbte Stirn fiel, betonte die leichte Falte, ein wenig verschoben über der linken Braue, so als hätten die beiden Hälften der Hirnschale im Augenblick des Zusammenwachsens nicht ganz symmetrisch aufeinandergepaßt.

Aber schon kehrte Italia mit der Gemüseplatte zurück, und Onkel Nino, der argwöhnte, daß Essig an den Bohnen sein könnte, wies sie mit einem kurzen Kopfnicken zurück, den tadellosen Nadelstreifenanzug leicht verzogen über der Wölbung des Bauches. Unmöglich, in ihm den jungen Herrn mit hohlen Wangen und schwermütigen Augen wiederzuerkennen, der sich auf den Sessel stützte, wo eigensinnig und rundlich seine Frau thronte: schönes Lächeln, schöner Busen, schöne Brosche.

Später zog er das Zigarettenetui heraus und lächelte auf seine höfliche, nachsichtige Art Mama zu, die ihn bat, es wieder einzustecken, und ihre Zähnchen zeigte in einem um Verständnis bittenden Lächeln, als ihre Hand ihm das blauemaillierte Feuerzeug wegnahm. Aber schon tauchte im Türrahmen Letizias spitzes Gesicht auf, die Augen unerschrocken und verlogen, während sie bei ihrer Tochter schwor, daß sie in keines der Gemüse einen Tropfen Essig getan habe, »Sie können unbesorgt sein, Signor Commendatore«, und unter der Schürze, die sie beiseite hielt, um die Flecken zu verbergen, kamen ihre sehnigen Waden hervor, verunstaltet vom vielen Stehen am Herd.

Anne Marie konnte eine Unmutsgeste nicht unterdrücken, das Messer glitt ihr aus der Hand und fiel mit einem dumpfen Ton auf den Teppich. Doch niemand merkte es, da alle elektrisiert waren vom unerwarteten Anblick der Urheberin des Essens, jener Crème Caramel, die auf der Anrichte wartete, bebend unter einem Hauch Malzzucker. Und die Röte an Anne Maries Hals zog sich wieder zurück, aufgesogen von der klopfenden Ader über dem Schleifchen aus Markasit.

≈≈≈≈≈≈≈≈≈≈≈≈≈≈≈≈≈≈≈≈≈≈≈≈≈≈≈≈≈≈≈≈≈≈≈≈≈≈

Onkel Nino hatte eine Art, das Wort an sie zu richten, die besondere Absichten und Interessen zu verbergen schien. In solchen Momenten, auch wenn er Anne Marie nur bat, ihm das Salz zu reichen, errötete sie. Auf Fragen, die – süße Gewißheit – ihr Frausein zu berücksichtigen schienen, antwortete sie ungeschickt, strapazierte ihre Stimmbänder in unnatürlicher Disharmonie. Ich bekam Lust zu weinen. Ich weinte. Dann sagte Onkel Nino: »Sie ist müde, schickt sie ins Bett.« Anne Marie erhob sich, legte die Serviette neben den Teller und wartete, schon im Schatten des Flurs, bis ich die Zeremonie des Gute-Nacht-Sagens beendet hatte, ihre Gesichtszüge wie leblos, während sie zwangsläufig hinnahm, was noch alles kommen konnte bei diesem Theater, dem sie pflichtschuldig zusehen mußte. Und das sich hinziehen oder Pausen und unvorhergesehene Abweichungen haben konnte.

Aber wichtig war, daß ich die Haut des Huhns gegessen hatte. Mama hätte mir erlaubt, daß ich sie auf dem Teller liegenlasse, und Anne Marie hätte fügsam den Kopf senken müssen. Aber ihre Einsilbigkeit, schroffe Gesten und ihr Kuß ohne Lippen wären ein beschämender Abschluß des Sonntags gewesen. »Warum hast du geweint?« fragte sie mich, als sie mir den Morgenrock aus Pyrenäenwolle auszog. Ich zuckte die Schultern: Warum hatte ich geweint? Ich wußte es nicht. Dummes Ding, sagte sie, so hast du keinen

Nachtisch bekommen! und faltete mit geschlossenen Augen die Hände, um sogleich mit dem Gebet zu beginnen. Sie hatte es satt, das Licht der Nachttischlampe fiel auf ihre hellen Wimpern und fein geäderten Lider, und sie leierte rasch, zu rasch das Gebet herunter und verschluckte fast jenes »Jesuskind«, um nur schnell fertig zu werden.

»Ich will was zu trinken«, hatte ich dann gesagt und mich im Bett wieder aufgesetzt. Ihre noch gefalteten Hände hatten sich verkrampft, bis man das Weiß der Knöchel sah: Nein, du hast genug getrunken, erwiderte sie. »Aber ich habe Durst«, hatte ich gejammert. Als einzige Antwort hatte sie das Licht auf dem Nachttisch gelöscht. »Ich will trinken!« Mein Ton war lauter geworden. »Kein Wasser mehr, Schluß!« Sie hob meine Pantoffeln auf und wandte sich zum Gehen. Ich warf die Decken zurück. »Ich will trinken, ich will was zu trinken! ...« Die Messingstäbe des Bettes bebten und quietschten, und unter Anne Maries Blick, der mich herausforderte, schwoll mein Schrei an, hallte in der Küche, im Eßzimmer, im Untergeschoß wider, und schon hörte man Stühle rücken und beunruhigte Stimmen. »Gut!« Mehr denn ein Wort war es ein wütendes Fauchen gewesen: Durch die angelehnt gebliebene Tür sah ich jetzt das Licht im Flur auf die Rauten des Parketts fallen.

Sie war mit dem Glas in der Hand zurückgekehrt

und hatte es mir in der kargen Helligkeit, die vom Flur hereinkam, zwischen die Lippen gekippt. Das Wasser rann mir übers Kinn. Ich vermied es, sie anzusehen: der unterdrückte Zorn gärte ätzend in ihr, während sie mir weiter das längst leere Glas an die Lippen preßte, Rinnsale flossen mir eiskalt zwischen Hemd und Haut, und das Glas schlug gegen meine Zähne. Die Hand, die das Glas hielt, war jetzt dick und schwer, als wäre sie aus Lehm.

Das Zuklappen der Tür hallt im Dunklen nach: Anne Marie ist gegangen. Aber unter der Tür, die von meinem Zimmer ins Eßzimmer führt, schimmert ein Lichtrand, und ich kann die Stimmen hören, vermischt mit dem Klappern von Besteck auf Tellern. Diese Tür soll immer zu bleiben, deshalb ist quer davor das Klavier aufgestellt worden. Das ist mein geheimes Versteck, und dahin bin ich geschlichen, um den Türflügel hinter dem Klavier ein bißchen zu öffnen. Durch den Spalt sehe ich sie, sie steht vor ihrem Platz, das Essen ist zu Ende und sie faltet die Serviette zusammen, das Licht fällt auf ihre Kopfhaut, da, wo sich die Haare teilen für die Zöpfe. Auch meine Schwestern haben sich erhoben, um gute Nacht zu sagen. Sie muß über dem Klavier die angelehnte Tür bemerkt haben, aber ihr Blick sucht nicht herauszufinden, wo ich stecke. Sie sieht mich nicht und will mich nicht sehen. Meine Schwestern küssen den Onkel, und er streicht ihnen über den

Kopf; als der Augenblick gekommen ist, sich von Anne Marie zu verabschieden, ergreift er gegen jede Regel ihre Hand und drückt sie. Er hält sie fest, als hätte er ein Vögelchen gefangen, während Anne Marie geschmeichelt die blauen Augen niederschlägt.

Italia hat mit dem Abräumen begonnen, und Onkel Nino hat sich mit Mama und Papa in die hintere Ecke des Eßzimmers gesetzt, meiner genau gegenüber. Der Schatten gleitet über seinen vorgebeugten Oberkörper, und die Hand, die die Zigarette hält, begleitet seine Worte mit schimmernden Fingernägeln: Onkel Nino geht zur Maniküre. Sein Schädel, bedeckt mit einer dünnen Haarschicht, langen, geschickt angeordneten Fäden, die einen dichteren Haarwuchs vortäuschen sollen, ist wohlgeformt und fleischig. Mama bietet ihm Pralinen an, aber er lehnt mit einer vagen Schmerzgrimasse ab. Nur ihm gegenüber benutzt Mama diese Stimmlage, einen leichten, ungläubigen Tonfall, der ihr zwei Grübchen in die Wangen gräbt wie auf dem Foto, das sie als junges Mädchen mit vom Meereswind bewegten Kleidern zeigt.

Anne Marie ist zurückgekehrt, um Italia zu helfen, das Besteck wieder in die Kredenz zu räumen. Ihre Bewegungen sind ruhig, abgezirkelt, und auch wenn sie die Augen des Onkels beständig auf sich ruhen fühlt, wendet sie den Blick nicht von ihrer Arbeit ab. Sie ist so nah, daß ich hören kann, wie sie flüsternd mitzählt, während sie Löffel und Gabeln einordnet, aber es gelingt mir nicht, ihren Blick anzuziehen. Weder das Stampfen meiner Füße auf dem Parkett noch meine Finger, die ich in den Spalt zwischen Klavier und Wand schiebe, können eine einzige ihrer Gesten verändern, mit denen sie zur obersten Schublade hinauflangt, wo das Besteck liegt. Der Arm hebt sich nackt aus dem halblangen Ärmel, rund und langsam: Ich existiere nicht.

Hinten in der Ecke fällt die Asche auf die Hose des Nadelstreifenanzugs, und der Onkel klopft sie ab, ohne den Blick von jenem Arm zu wenden, so als gehörten die braunen Pupillen gar nicht zu dem Menschen, der liebenswürdig plaudert, sondern wären Gäste in seinem Gesicht, Überbringer sehnsüchtiger Botschaften.

Doch ich bin weit entfernt von der Resignation Peter Pans, der stumm am Fenster zusieht, wie seine Mama ein anderes Kind wiegt. Durch meine Ritze gebe ich ständig Zeichen, es ist unmöglich, daß sie mich nicht bemerkt. Ich kann jede Einzelheit an ihr unterscheiden: den Gürtel mit der Hornschnalle, den Hauch von Rouge auf ihren Wangen, und während sie es auflegte, dieses Rouge, mit einem Wattebausch vor dem Spiegel, hatten wir gescherzt, sie und ich, Anne Marie hatte mich mit einem ihrer Zöpfe spielen lassen, der ihr noch über den Rücken baumelte.

Meine Hand ist jetzt ganz in den Spalt geschoben,

und ich trommle mit den Fingern aufs Holz: Aber ich könnte lauter, immer lauter klopfen, paß auf, Anne Marie ... Italia kommt vorbei und ich begegne ihrem traurigen Sonntagsblick. Erschrocken starrt sie mich an und bedeutet mir mit dem Kinn, ich solle da weggehen, zurück ins Bett. Ich achte nicht auf sie, und meine Finger schieben sich wie Fühler auf dem glänzenden Holz des Klaviers vorwärts, wie im Spiel. Doch als sie die Gabeln, die sie noch in der Hand hält, aufs Tablett gelegt hat, dreht Anne Marie sich zu jener meinem Gesicht entgegengesetzten Ecke um, wo jener andere Blick Zärtlichkeit fordert, dort hinten zwischen Mama und Papa. Und mit einer plötzlichen Bewegung stemmt sie sich mit aller Kraft mit dem Rücken gegen das Klavier, bis sie es ganz in die Ecke geschoben hat. Bis sie mich in meiner staubigen Falle gefangen hat.

≈≈≈≈≈≈≈≈≈≈≈≈≈≈≈≈≈≈≈≈≈≈≈≈≈≈≈≈≈≈≈≈≈≈≈≈≈

≈≈≈≈≈≈≈≈≈≈≈≈≈≈≈≈≈≈≈≈≈≈≈≈≈≈≈≈≈≈≈≈≈≈≈≈≈≈≈

4

PROFESSOR SEDEROL läutete an der Haupttür. Das diskrete Klingeln wehte im Halbschatten des Treppenabsatzes um die Pelerine seines Mantels, lange und langsam. Der Tag ging dem Ende zu. Ordentlich sammelte ich die auf dem Tisch verstreuten Buntstifte ein.

Der Professor zog den Mantel aus und legte ihn auf die Truhe im Eingang, während Italia das Licht im Eßzimmer anknipste, wo der Tisch verstellt worden war, um den Teppich in der Mitte frei zu machen. Wir traten ein: barfuß, widerspenstig, mit vorstehendem Bauch, in gestrickten blauen Badeanzügen mit rotem Rand, und sofort begann er mit den Fingern zu schnalzen, eine Kunst, die er ebenso meisterlich beherrschte wie die Atmung, die er zwischen den weiten Schneeflächen seiner Heimat erlernt hatte, wo Europa vom Eis umschlossen ist. Professor Sederol war Schwede.

Doch dieses geschickte, flüssige, galoppierende Schnalzen war wie einer jener Mechanismen, deren

≈≈≈≈≈≈≈≈≈≈≈≈≈≈≈≈≈≈≈≈≈≈≈≈≈≈≈≈≈≈≈≈≈≈≈≈≈≈≈

hektische Bewegung keinem angemessenen Ablauf entspricht. Nur scheinbar schnell, dehnte es die Minuten, potenzierte sie, gab ihnen eine nervenaufreibende, neue Bedeutung. Beim Beugen, Strecken, Beugen kam mir im Mund der süßliche Marsalageschmack der Zabaione vom Nachmittag wieder hoch. Ein aus Italias schwarzem Knoten gerutschtes Haar oder der trockene Kern einer Zitrone stellten schon eine Abwechslung dar, und ich verfolgte sie mit dem Blick, bis ich sie, bäuchlings auf dem Teppich liegend, zwischen die dunkelroten, von den Frauen aus Buchara gewebten Arabesken pusten konnte.

Professor Sederol schimpfte nicht, erhob nicht die Stimme, lachte nicht und rauchte nicht, kerzengerade neben dem mächtigen, von einem florentinischen Handwerker geschnitzten Büfett, zählte er bis zu einer festgesetzten Zahl, immer der gleichen, und in dem über uns erhobenen Gesicht wies die runde, fein gerahmte Brille auf eine unwandelbare Ordnung hin, wo sich das Licht in seiner grauen, schon fast braunen Iris sammelte, weit weg hinter den dicken Gläsern.

Selbst sein Name, Sederol, der zu zahlreichen Abschweifungen hätte anregen können, wurde verklärt durch die Schönheit der kaum vom Alter welken Gesichtszüge. Sogar auf dem Kopf stehend gesehen, überragte er uns unveränderlich, eingerahmt von den Kassetten der Zimmerdecke, und beobachtete ungerührt unsere Verrenkungen bei der »Brücke«. Rechts und links von ihm glänzten die beiden Löwenköpfe auf der Glastür, die das Eßzimmer vom Salon trennte, in feinem, mattem Gold und verbreiteten zwischen der Wandbespannung aus rotem Damast die trostlose Traurigkeit der Erzählung vom *Glasbläserbub*. Und während die Muskeln sich anspannten und zitterten, um die geflügelten Schulterblätter gerade zu halten, verwob sich die Geschichte des kleinen Jungen, der mit von der Hitze der Öfen kranker Lunge weiter auf die Glasschmelze blies, mit der zermürbenden Anstrengung jener unwandelbaren Ordnung, Regel der dunklen Stunden und der Erschöpfung.

Um die gute Wirkung seiner Bemühungen zu überprüfen, packte der Professor am Ende der Stunde unsere Ellbogen und drückte sie uns mit der in seinem Land der Nordlichter gelernten Ruhe und Ausdauer hinter dem Rücken zusammen. Wenn sie sich dann mit einem leichten Knacken berührten, lächelte er endlich, ein mildes Lächeln, das sich ganz auf den kleinen Raum der Brillengläser beschränkte. Dann gab er das Startzeichen zum Lauf auf dem Mäander rund um den Teppich, fünf, sechs Mal im Kreis, bis man außer Atem war.

Eines Nachmittags weinte er. Wir waren im Eingang, weil Italia die Möbel des Eßzimmers mit Öl einrieb. Vielleicht lag es an dem anderen, ungewohnten

Ort mit dem Schirmständer und den schwarzen Galoschen neben der Tür. Oder an plötzlicher Müdigkeit. Er hatte sich auf die Truhe gesetzt, und aus seinen Hosenbeinen sah außer den Socken ein sehr weißer Wadenansatz mit vereinzelten dunklen Haaren hervor. Wegen der Tränen hatte er die Brille abnehmen müssen, und sein Blick, bestürzt über eine Freiheit, die Nebel und verschwommene Konturen bedeutete, irrte hinter dem Foto seiner einzigen Tochter her, während es von Hand zu Hand ging. Es zeigte ein Mädchen, an die Umzäunung einer Plattform über dem Meer gelehnt – ein wunderschönes Mädchen, hatte Mama gesagt –, und ich betrachtete enttäuscht jenen Körper in einem Badeanzug, der ganz denen glich, die ich am Strand von Ostia sah. Die Badekappe aus hellem Gummi, unter dem Kinn zugebunden, umrahmte ein wegen der Sonne gerunzeltes Gesicht. Doch es war gerade die Banalität des Bildes, die als Katalysator wirkte, da es ja schon vom Tod berührt war, und ich suchte nach einem Detail, nach Zeichen, die bereits auf dem Foto ihr rasches Ende vorhersagten.

Sie war mit zwanzig an Typhus gestorben, weil sie Meeresfrüchte gegessen hatte. »In Capri«, hatte er gesagt, mit leuchtenden, blinden Augen, während die offen auf seinen Knien liegengebliebene Brieftasche aussah wie der trauervolle Einband eines Meßbuchs. Mit einem großen karierten Taschentuch putzte er sich die

Nase, und sein Gesicht, dem schon die Strenge der Brille mangelte, veränderte sich ungehörig durch eine so grobe Verrichtung. Er war schamlos wie eine griechische Statue, der man Brustwarzen gemalt hätte, und verursachte mir die gleiche Beklemmung wie die unverständlichen, aber unmißverständlich obszönen Zeichnungen, die ich manchmal auf den Putz einer Mauer gekritzelt sah. Ich betrachtete ihn neugierig und hätte doch gleichzeitig die Augen schließen wollen.

Die Amme hätte auch weinen können, ebenso ihr Mann, Sandrino, aber Professor Sederol, den ich in der Stille seines langen Mantels auf dem Treppenabsatz erspähte, nahm einen Raum ein, der kein Nachgeben kannte. Hände, Gesicht, Körper besaßen die Vollendung mancher Gemälde, auf denen nichts der Phantasie überlassen bleibt. Nun hatte die Harmonie der Zeichen einen Einbruch erlebt, und unsere Beziehung, bestimmt von Langeweile ohne Unglücklichsein, war erschüttert. Seine Tränen verursachten Scham, waren peinlich, ohne daß es mir gelang, Mitleid zu empfinden.

»Los, zeig her …« Es fehlte nicht viel, und das Foto wäre in Stücke gerissen worden unter dem Antrieb einer beinahe wütenden Neugier.

Es gab solche und solche Tote. Guido di Fongalant zum Beispiel war ein aseptischer Toter. Es genügte, ihm

≈≈

nicht nachzueifern in seiner Leidenschaft für Kirchen und Tabernakel und vorsichtig jede mögliche Neugier bezüglich der Freuden des Paradieses zu zügeln. Alle Hauptfiguren des Buches *Die heiligen Kinder* litten an Gebrechen, die sie in direktem Zusammenhang mit ihrer Güte einem vorzeitigen Ende entgegenführten. »Jung stirbt, wer dem Himmel teuer ist« stand auf einem von Italias Heiligenbildchen zur Erinnerung an einen Neffen, der mit sechzehn an Tuberkulose gestorben war. Sie, die Heiligen Kinder, warteten und sahen ihren Tod voraus, und kaum hatten sie das angestrebte Ziel der Erstkommunion erreicht, bereiteten sie sich mit gefalteten Händen darauf vor, rasch eine uninteressante Existenz abzuschließen. Ohne Bedauern, eher heiter im Hinblick auf zukünftige himmlische Wonnen, die unvergleichlich viel anziehender waren als die Puppen und die Spielzeugautos in der Villa Borghese. Oder die Buntstifte.

Ganz anders war Paulinchens Tod und der Tod des Sohnes meiner Amme. Dieses Kind war mit kleinen Freudenschreien den Flur entlanggelaufen, und der Vater war hinterhergeeilt und hatte es festgehalten, damit es nicht ausrutschte auf den gewachsten Böden, es hatte lachend gestrampelt. Ich hatte ihm zu trinken gegeben, sein Lockenkopf reichte noch nicht bis zum Waschbekken, und die pummeligen Hände hatten sich um das Glas gelegt. Glucksend hatte es getrunken, atemlos vom Laufen. Und dann war Sandrino eines Abends ohne Eier erschienen, und wir hatten ihm ein Puppenkissen für den Sarg geben müssen. Ein ganz weißer Sarg, hatte Anne Marie gesagt, und im Eingang stand Sandrino und weinte, die Kleider in Unordnung. Niemand hatte daran gedacht, das Licht anzuknipsen, und im Halbdunkel, in dem sich die Küchengerüche stauten, hatten wir zugesehen, wie er versuchte, das Kissen in ein Stück Zeitungspapier einzuwickeln, und die großen, dunklen Hände dabei zitternd die Spitzen des Bezugs zerdrückten.

Der Tod Jesu aber war ein ganz besonderer Tod. Schon weil er jedes Jahr stattfand, am Karfreitag. Auf ihrem Hocker sitzend erklärte uns Madre Gregoria die Bilder, auf denen Jesus rot gekleidet nach Golgatha hinaufstieg, wo man ihm die Kleider wegnahm, ihn geißelte, ihm die Dornenkrone aufsetzte und ihn schließlich zwischen den beiden Schächern ans Kreuz nagelte. Einem guten und einem bösen. Es war dasselbe Buch, in dem die Königin von Saba zwischen den Schleiern ihres prächtigen Baldachins tanzte. Madre Gregoria hob es aufgeschlagen hoch und zeigte es in feierlichem Schweigen langsam im Kreis. Niemand weinte, manche stellten eine Frage. Dann zerriß fahl, ganzseitig, der Vorhang im Tempel, und die Soldaten, die gerade Jesus' Kleider unter sich aufteilten, liefen entsetzt davon, Blitze durchzuckten den schiefergrauen

Himmel. Doch keine Naturkatastrophe trübte das Licht des Säulengangs draußen vor der Veranda, und am Zeigefinger von Madre Gregorias Hand glitzerte ihr Ring einer Braut Christi in der Frühlingssonne. Nur einige vorüberziehende Wolken konnten ab und zu den Schatten des Basketballrings auf dem geharkten Kies verwischen.

Als wir hinausgingen, war der Christus in der Eingangshalle mit einem violetten Tuch verhüllt, das sich über dem zum Segen erhobenen Finger bauschte. Aber jedesmal, wenn die Tür geöffnet wurde, hob der Luftzug das Tuch und deckte die bloßen, blutleeren Füße auf dem Podest auf. Der Astura glitt an den knospenden Bäumen entlang, verfolgt vom Kreischen der Straßenbahn, fuhr durch die Villa Borghese, und auf dem Rasen sah ich Hunde einem Stein nachlaufen. Es war zwecklos, sich die Fingernägel in die Handfläche zu graben, bis sie einen Abdruck hinterließen, es nützte nichts. Eine törichte Unempfindlichkeit lastete auf dem Gewissen: Jesus mit der Dornenkrone, Jesus ausgepeitscht bis aufs Blut, Jesus ans Kreuz genagelt brachte mich nicht zum Weinen wie Paulinchen, erschütterte mich nicht einmal wie Danilos Tod. Ich folgte mit dem Blick dem Dreirad des Eisverkäufers, das silbrig glänzte.

Litt Anne Marie unter der Passion Christi? Am Karfreitag fastete sie, und als ich aus der Schule kam, war sie schon länger fort; doch diesmal wußten alle, daß sie zum Gottesdienst der deutschen Schwestern in der Via dell'Anima gegangen war. Auch Mama war unterwegs. Mit ihrem Betpult wanderte sie rund um Santa Maria del Popolo und hielt bei jeder Station des Kreuzwegs inne; und dank der Stoßgebete erlöste sie sich von einer unglaublichen Anzahl von Tagen, die sonst den Flammen des Fegefeuers bestimmt gewesen wären. Bei ihrer Rückkehr konnte ich sehen, daß das Strohgeflecht des Betstuhls ein Muster auf ihren schönen Knien hinterlassen hatte. Doch am meisten litt gewiß Italia, die auf Knien die ganze heilige Treppe emporrutschte und bei jeder Stufe einen Rosenkranz aus Getsemani-Oliven unter ihre hervorstehenden Kniescheiben legte.

In der Stille einer Sonne, die über die gewachsten Böden glitt, wäre es so schön gewesen, um Jesus zu weinen, Grauen und Mitleid wegen seiner Wunden zu empfinden. Ich legte mir die Fäuste auf die Augen, aber in den Ritzen zwischen den Fingern pulsierte ein rosiges Licht in unendlichen Variationen. Eine schuldhafte Gleichgültigkeit zeigte sich in den Spiegeln in Mamas Zimmer, wo Schächtelchen mit Lippenstift und Wimperntusche fröhlich zwischen einer Unmenge Augenstifte herumrollten, während in der Ferne, kaum hörbar, das Grammophon eines »Freimaurers« einen festlichen kleinen Marsch abspielte. In der Küche stopfte Letizia Geschirrtücher, die kurzen Beine auf die

Querleiste des Stuhls gestützt, sie mußte zu Hause bleiben, damit diese Zimperliese von »Froila« mit den anderen deutschen Weibern ein paar Litaneien gurgeln konnte. »Anne Marie«, sagte ich, »ist nicht Deutsche, sie kommt aus Südtirol.« »Was redet sie?« fragte Letizia, die Augen von der Arbeit hebend, die Nadel spitz und drohend zwischen den Fingern, »deutsch! Also ist sie Deutsche!«

Und Anne Marie kam mit vom Gehen geröteten Wangen an der Via Romagnosi um die Ecke, zufrieden und gut gelaunt, so als dürfe man nun, da die Passionszeit vollendet und Christus ins Grab gelegt worden war, endlich wieder lächeln. Und als sie mich im Bad wusch, sang sie. Diesmal war es ein gregorianischer Gesang, im Einklang mit ihren Bewegungen, zart am Anfang, fast wie das Klimpern einer Spielzeuggitarre, erstickte er dann auf der Suche nach der Seife unten in der Wanne. Doch da, wo sie sich hoch hätte hinaufschwingen müssen im Flattern des Badetuchs, da kam die Stimme nicht hin und kippte rauh, wundervoll und einzigartig, in eine Reihe von falschen Tönen. Eine ungewöhnliche Verschwendung von Körperpuder.

Anne Marie weinte niemals. Wenn Mama sie tadelte, blickte sie sie stur und unschuldig an. Auch bei Letizias Grobheiten blieben ihre Augen trocken, und nur die Pupillen, die sich drohend und dunkel weiteten und das ganze Blau schluckten, ließen sie unerwartet von jenen okkulten Wesen abstammen, die die nordischen Hexensabbate bevölkern. Ich wunderte mich, daß Letizia nicht stocksteif zu Boden fiel.

Sie hatte nicht einmal geweint, als sie vom Tod ihrer Großmutter erfuhr, sondern den Tag zu Ende gebracht, ohne mit der Wimper zu zucken, nur gegen Abend, auf dem Rückweg von Villa Borghese, hatte sie in der Kirche Santa Maria del Popolo haltgemacht. Kniend, das Gesicht zwischen den Händen, hatte sie die letzten Schritte verhallen lassen, während ich in Betrachtung ihres Rückens versank, reglos im Blau des Mantels.

Es war spät: Die kleine, dunkle, mit Schmuck überladene Madonna glänzte im Gold des Hochaltars und hielt ein Jesuskind im Arm, das eher einem Tierchen glich. Den Schlüsselbund schwenkend ging der Sakristan vorbei, derselbe, der uns sonntags früh fast mit der Sammelbüchse anstieß, wenn er sie durch die Reihen schob, und nun rumorte er im leeren Kirchenschiff, einen großen schwarzen Kittel nachschleifend, die schütteren weißen Haare zerzaust. Doch Anne Marie rührte sich nicht, die zu Schnecken aufgesteckten Zöpfe unter dem Hut verborgen: Nur die blaugefrorenen Hände gehörten ihr noch. Ich spürte das Bedürfnis, sie zu berühren, festzustellen, daß sie immer noch sie war, und ein Unbehagen zu verscheuchen, das an Furcht grenzte. Furcht vor den Heiligen und vor Gott, vor einem Paradies, dessen Pracht jene Kirche so düster vorwegnahm. Ich starrte in der Mitte des Kirchenschiffs auf die in den Fußboden gemeißelten und von einer Ewigkeit von Schritten abgetretenen Figuren: Gesichter, die keine Nase, keine Lippen mehr hatten, kaum angedeutete Augenlider und zu einem unmerklichen Spalt geschrumpfte Münder, als saugte der Stein selbst sie langsam auf. Rund um mich, in der Finsternis der Kapellen, traten mit der kranken Blässe des Elfenbeins Teile von Malereien hervor. Wo, wie, diese Schönheit, die mir entging: eine verstaubte uralte Tragödie umgab jene vom göttlichen Blitz dramatisch erhellten Gesichter. Ich berührte Anne Maries Rücken: »Gehen wir?« Wir waren allein geblieben.

Sie hörte mich nicht, und ich wiederholte die Frage auf deutsch, da lösten sich ihre Finger und gaben einen leicht verwunderten Blick frei, noch verloren in der Dunkelheit, in die sie ihn eingesperrt hatte. »Gehen wir?« wiederholte ich lauter. Als tauchte sie aus langem Schlaf empor, erhob sie sich mühsam, während die Holzbank ächzte und knarrte, und dann traten ihre Absätze mit schlafwandlerischer Gleichgültigkeit auf die Bildnisse der Bischöfe und Krieger, mit denen das Kirchenschiff gepflastert war. Und als sie auf das Weihwasserbecken zuging, schob ich die Hand durch das Gitter vor dem Grabmal, das in der Rückwand eingelassen war. Es stellte ein Skelett dar, eine Halbfigur, und das

Dunkel ließ die heuchlerisch über der Brust gefalteten Handwurzel- und Mittelhandknochen noch schmaler erscheinen, während der Marmorschädel zwischen dem üppigen Faltenwurf glänzte, mit safrangelben Reflexen. Ich streckte die Finger, bis ich die doppelte Zahnreihe berührte und unter meinen Fingerspitzen dieses seltsame, horizontale, eiskalte, ewige Lächeln spürte. Vielleicht war dies die Schönheit, nicht lockiges, wallendes Haar, runde, im Lächeln feuchte Lippen, sondern die Vollkommenheit des Todes. Seine kalte, klare Sublimierung, dies *der vor Dieben und Motten geschützte Reichtum*. Ich versuchte, ihm durch Einordnen seinen Schrecken zu nehmen: »Wer ist das, eine Nonne?« Ich erwartete eine Bestätigung, von der ich schon wußte, daß sie nicht kommen würde. Jedesmal beantwortete Anne Marie meine Frage mit einem Achselzucken: Sie konnte kein Latein lesen. Ja, vielleicht eine Nonne, oder gar eine Prinzessin. Ihre vom Weihwasser feuchte Hand zog mich fort, und während die gepolsterte Tür mit einem gedämpften Hauch hinter uns zufiel, rannte ich schon die Stufen hinunter, stürmte hinein in die Stimmen und Farben des weiten Platzes, beschimpft von einem Laufburschen auf dem Fahrrad, der gerade noch ausweichen konnte, und sofort wieder gepackt von Anne Marie. Lebendig, ich, und vielleicht, wer weiß, auch unsterblich.

Die Nonnen. Ihnen war Tod und Auferstehung, die Lobpreisung der Heiligen vorbehalten. Es genügte ein um die Hüfte geschlungenes Bügeltuch und ein weiteres, unter dem Kinn mit einer Sicherheitsnadel befestigtes, um wie eine von ihnen zu werden; zur Vervollständigung des Werks lieh mir Italia ihren Rosenkranz aus Getsemani-Oliven.

Ich setzte die Puppen in einer Reihe auf die blauen Stühlchen und versuchte, sie aufrecht an die Rückenlehne zu lehnen. Durch das offene Fenster strich ein leichtes Frühlingslüftchen über die Zelluloidlocken, über die verblichenen, gemarterten Gesichter, hob das Taschentuch auf meinem improvisierten Altar, wo das Fläschchen, das die Madonna von Lourdes darstellte, schwach und milchig schimmerte, die schwarze Krone als Verschluß darauf geschraubt zur guten Konservierung des wundertätigen Wassers, das auf die drängenden Gebete der kleinen Hirtin Bernadette aus den Felsen sprudelte.

Es war mein großer Augenblick. Ich spähte zur Wohnung gegenüber, wo zwischen den Säulchen eines Balkons, der dem unseren glich, staubige Geranienknospen hervorschauten. Ich wußte, wie trügerisch meine Hoffnung war, Regina dort auftauchen zu sehen; doch vielleicht würde jemand, der sie kannte, ihr erzählen, welch herrliche Spiele uns christlichen Kindern gestattet waren. Und eines Tages würde Regina vielleicht von Neugier getrieben auf den Balkon hinaustreten, die langen Locken auf der Brüstung.

Ein Fenster wurde aufgemacht, und ich zuckte zusammen, der Vorhang, an die Luft entkommen, warf leichte, wellige Schatten. Reglos blickte ich hinüber, die Finger um die Perlen des Rosenkranzes geklammert: Ein Dienstmädchen mit einem Stoß Zeitungen im Arm war in der Öffnung aufgetaucht. Sogleich faltete ich die Hände und begann, vor meiner gläsernen Madonna Stoßgebete aufzusagen. Das Dienstmädchen, auf einen Stuhl gestiegen, putzte die Scheiben und wandte mir den Rücken zu.

Aus der Werkstatt unten drangen die Stimmen der Jungen herauf, die im Freien die Autos reparierten, und die Straßenbahn ging ratternd in die Kurve. Ich verneigte mich, richtete mich auf, verneigte mich wieder, und die Bügeltücher verströmten einen Geruch nach Wäsche, während der Rosenkranz, von der Sonne gestreift, zuckende Reflexe an die Decke warf. Letizia und Italia standen an der Zimmertür und sahen mir zu. Ich hörte sie lachen. Nichts war mir lieber, und fast auf dem Boden liegend ließ ich die Perlen des Rosenkranzes, blond, rauh, bußfertig durch die Finger gleiten. Ich erfand sinnlose, unendlich lange Wörter, selbst erstaunt über die eintönige Stimme, die aus meiner Kehle kam, und je mehr sie lachten, um so mehr spornte es mich an. Die Sonne schien auf mich, ich schwitzte.

Aber wie hatte ich sie nur vergessen können ... Sie hatte sich zwischen Italia und Letizia durchgedrängt, die Haarbürste noch in der Hand: »Mit der Religion soll man nicht spaßen!« Wie ein langer, plötzlich ans Licht gekommener Schwanz hing ihr ein noch halbaufgelöster Zopf über die Brust, während sie mich mit einem Ruck von meinem Altar fortriß. In der Wohnung gegenüber hatte sich das Dienstmädchen, immer noch auf dem Stuhl stehend, umgedreht und schaute. »Aber sie macht es gut, richtig gut«, sagte Letizia. Anne Marie wandte sich, den geschwollenen, roten Hals verrenkend, um, die Finger fest um meinen Arm geschlossen: »Schluß jetzt, ihr! Darüber darf man nicht lachen!« »Wer lacht denn?« Letizia sah sie ironisch an: »Die geht bestimmt noch ins Kloster!«

Ich hatte mir das Tuch vom Kopf gerissen: *von Kindheit an bestimmt* hieß es von der heiligen Thérèse von Lisieux. Aber die Sicherheitsnadel am Rock ging nicht auf, ich spürte, wie sie unter meinen verschwitzten Fingern rutschte. »Was machst du denn jetzt?« fragte Anne Marie wütend und wollte meine Hand festhalten. Ohne hinzuhören zerrte ich weiter: Aber der Stoff leistete Widerstand, ich war ganz erhitzt. Da beugte sie sich zu meiner Taille herunter, der Zopf baumelte auf mein Gesicht, ich spürte, wie der Stoff langsam nachgab. »Hör auf!« herrschte sie mich an, »warte doch!« Aber ich konnte nicht warten. Ich zerrte noch einmal, zum letzten Mal, und das zerrissene Tuch glitt an meinen Beinen herunter. Ich war frei.

Die Ohrfeige traf mich mitten ins Gesicht. Vielleicht gerecht wie die Gerechtigkeit Gottes, von dem man keine Rechenschaft verlangen kann. Doch etwas hatte mich an der Lippe verletzt, ich hatte den metallischen und dramatischen Geschmack von Blut im Mund. Voll Selbstmitleid lutschte ich daran; aber zwischen den Tränen erkannte ich das Funkeln des Gegenstands, der mich getroffen hatte, etwas absolut Neues und Sensationelles. Ich hörte zu weinen auf. Erwartungsvolle Stille hatte sich im Zimmer, im Haus, auf der Straße ausgebreitet. Jetzt sah ich es genau: Anne Marie trug einen Ring.

Italia und Letizia waren verschwunden, und aus der Madonna von Lourdes, von ihrem Altar gerollt, sickerten am Verschluß trübe, wundertätige Tropfen. Von einem Kranz goldener Häkchen umschlossen schwebte an Anne Maries Finger ein Aquamarin in all seiner unerklärlichen Schönheit. Seine Pracht, herrliche Ozeantiefe, ließ mich verstummen wie das Erscheinen des dritten Auges einer Gottheit.

≈≈≈≈≈≈≈≈≈≈≈≈≈≈≈≈≈≈≈≈≈≈≈≈≈≈≈≈≈≈≈≈≈≈≈≈

5

DAS WASSER klatschte an die Scheiben, die Tropfen warfen Schatten im Innenraum des Astura, während vom Bezug der Sitze ein Geruch nach Staub aufstieg, sich in einen Geschmack verwandelte. Tante Pia, die es leid war, mir lückenhafte Geschichten zu erzählen, deren Fortgang ich ständig selbst anregen mußte, tat, als schliefe sie, die Handschuhe zwischen den vom Erbsenaushülsen und Kartoffelschälen verdorbenen Fingern, denn sie hatte keine Letizia und schon gar keine Italia. Sie war arm, und zusammengekauert in ihrem Pelz, kraus und stumpf wie Negerhaar, atmete sie mit einem kurzen Röcheln, ihrem ungewissen Schicksal preisgegeben. Sie gehörte zu den Tanten zweiten Grades, die im Austausch für die Anerkennung ihrer wackeligen Verwandtschaft stets zu irgendwelchen kleinen Gefälligkeiten bereit waren. In sich gekehrt hinter ihren stumpfen Brillengläsern saß sie nun mit der Unerschütterlichkeit einer alten Katze in dem warmen Auto, und wenn man sie am Pelzmantel berührte oder gar ihre Finger streifte, gab sie kein Lebenszeichen von sich, bereit, die Nacht auf den Sitzen des Astura zu verbringen, falls das Gottes Wille sein sollte.

Ich rutschte auf das Ziegenfell auf dem Boden hinunter, streichelte es gegen den Strich, was wilden Staub von altem Gerbmittel aufwirbelte, und wartete geduckt zwischen den breiten, von Füßen abgetretenen Stellen, daß eine angemessen lange Zeit verging, damit ich, wenn ich wieder aufstand, durch das Fenster sehen könnte, wie Mama zurückkam. Langsam erhob ich mich, bis ich die Schirmspitzen sah, machte eine Pause, richtete mich weiter auf, bis ich die Gesichter der Passanten erkannte. Aufrecht stehend drehte ich zum Schluß den Kopf nach rechts und links und ließ den Blick schweifen: nichts, die fünf Minuten von Mama, ein unerforschlicher und ewig veränderlicher Zeitraum, zogen sich hin zwischen Spritzern vorbeifahrender Autos und vom Wasser glänzenden Regencapes.

Nicht einmal Francesco achtete auf mich. Hinter der Trennscheibe las er im spärlichen Licht der Straßenlampe *La Domenica del Corriere*, während seine Mütze, umgedreht auf den Sitz geworfen, ihre vom Tragen speckige Innenseite zeigte. Also begann ich wieder von vorn, und diesmal versuchte ich, die Zeit zu verlängern, in der ich zwischen den Sitzen hockend nur Tante Pias auf den kratzigen Ziegenhaaren gekreuzte Schuhe sah. Schwarz, halbhoch schnürten sie die schweren Knöchel in den grauen Strümpfen ein: Ich betrachtete sie lange, da ich gewiß war, zur Belohnung würde ich dann Mama unter der violetten Kuppel ihres Schirms auf das Auto zukommen sehen. Langsam schob ich mich an den Beinen der Tante hinauf, die einen einzigen Block mit den Knien bildeten, bis ich bei ihren resigniert über den Handschuhen zusammengelegten Daumen mit den dicken, von alten Entzündungen verunstalteten Nägeln ankam. Meine Gewißheit wankte, ja, ich war gar nicht mehr sicher, und der Blick verlor sich über den Pfützen, in die der Regen plätscherte. Erschöpft begann ich zu seufzen, schnaufte durch die Nase, den Mund, fächelte Tante Pias Gesicht mit dem Hutschleier, damit sie merken, endlich auch merken sollte, wie unerträglich diese Unsicherheit war. »Brav, sei brav ...«, sagte sie, kurz die Lider über dem sumpfigen Blau der Augen hebend.

Ich zählte laut. Ich zählte die vorübergehenden Kinder, und wenn ich zehn hätte vorbeigehen sehen, dann würde Mama zurückkommen. Auch einen bärtigen Mann würde ich sehen müssen. Zehn Kinder gingen vorbei, auch der bärtige Mann ging vorbei, sogar ein Priester, doch als Mama endlich kam, war es zu spät, ich wartete nicht mehr. Auf dem Klappsitz ausgestreckt war ich in apathische Gleichgültigkeit versunken, die

≈≈

den Abend, das Licht der Straßenlaternen, den Regen und Tante Pia umfaßte. Teilnahmslos hatte ich zugesehen, wie die Tropfen auf der Scheibe beim Anspringen des Motors bebten, plötzlich seitwärts rollten, während das Aufblitzen anderer Scheinwerfer das Gitter des Hutschleiers auf Mamas Gesicht projizierte: Unter den leuchtenden Augen öffnete sich ihr Mund, der blühend rot wie eine Geranie hervorstach, zu einem Lächeln, dessen Erbarmungslosigkeit mich nicht mehr verletzte.

Später war Licht im Hauseingang, die Treppe bedeckt von einer Spur schlammiger Fußabdrücke. Domenico kam aus der Portiersloge, um den Aufzug zu öffnen, noch hatte Mama ihn etwas zu fragen, das Gespräch zog sich vor der offenen Tür in die Länge. Ich wußte nur, daß Anne Marie mich rasch ausziehen würde, barsch, in vorwurfsvoll mißbilligendem Schweigen. Ohne Raum für die geringste Zärtlichkeit.

In der Küche goß Letizia das Öl aus der Pfanne in eine Tasse mit abgebrochenem Henkel. »Hast du ihn gesehen?« fragte sie mich, den Kopf hebend, »er ist drüben, in der Garderobe.« »Wer?« »Geh nachschauen …« Ich lief zur Tür: Der Mann stand neben dem Bügelbrett, so groß, daß der Kopf mit dem dichten Haar fast die tellerförmige Lampe streifte. Ruhig stand er mit hinter dem Rücken verschränkten Händen da und beobachtete den Aufzug, der ächzend hinter der Absperrung hinunterfuhr, in zu weiten Hosen, die unten einen übertrieben breiten Aufschlag hatten. Endlich sah ich ihn! Aber es gelang mir nicht, die Einzelteile seines Gesichts zusammenzufügen, und ich betrachtete es, ohne daß es mir ins Bewußtsein drang, als hätte ich ein verkehrt herum aufgeschlagenes Buch vor mir. Mein Herz klopfte und ich starrte auf jene Gesichtszüge, deren Ausdruck mir entging, nichts hätte mir erlaubt, ihn zu erkennen, er hätte fortgehen und ich ihn nie wiederfinden können. Die Enttäuschung war glühend, total, ich hatte mir einen Erzengel mit flammendem Schwert vorgestellt, und was ich vor mir hatte, schien nur eine Menge Fleisch und Knochen zu sein, die man aufs Geratewohl in einen auffälligen gestreiften Anzug gesteckt hatte. Er sagte etwas zu mir, was ich nicht verstand, und seine Lippen verzogen sich zu etwas, das ein Lächeln sein sollte. Ich sah nur die fehlenden Zähne. Einen, zwei, noch mehr? Ich würde es nie erfahren.

Ich lief davon, rannte los und suchte Anne Marie. Ich fand sie im Bad, wo sie die Handtücher ordnete, und um mich in den Arm zu nehmen, ließ sie fallen, was sie gerade in der Hand hielt. Ich drückte sie an mich, preßte meine Wange an ihre: Fein und präzise färbten die Äderchen die ersehnte Zeichnung, Pfade, die sich zart durch die Geographie ihres Gesichts schlängelten. Doch im Spiegel, wo wir uns umarmt betrachteten, sah ich, daß ihre Augen mich mieden. In ihrem Lächeln verdichteten sich ungreifbar die Bilder eines Glücks, das meinen Schmerz, meine Müdigkeit, die Verspätung überging und jede Teilnahme meinerseits ausschloß.

Doch die Ereignisse überschlugen sich. Wir waren im Seegarten und trafen den Luftballonverkäufer. Ich zog sie am Arm, aber sie schüttelte den Kopf. »Die Mutter will es nicht«, sagte sie, die Luftballons konnten platzen und das Gesicht verletzen. Mama wußte von einem Kind, das auf einem Auge blind geworden war. Welches Kind?

»Welches Kind?« fragte ich noch einmal. Anne Marie zuckte die Achsel, als müßte sie sich erinnern und hätte keine Lust dazu. Wie ist es blind geworden, drängte ich, was hat es gemacht? Anne Maries Mund verzog sich zu einer Grimasse, während ihre Augen zwischen den Wimpern, so hell, daß sie sich kaum von der Haut unterschieden, zu sagen schienen: Welches Kind denn, welcher Luftballon ... Aber ich mußte sie provozieren, ihr meinen Willen aufzwingen, wo war das passiert, fragte ich, hier, im Seegarten? Die sowieso schon verdächtige Geschichte von Mama wurde nun jeder übrigen Glaubwürdigkeit beraubt durch die Langeweile, die sich plötzlich auf Anne Maries Gesicht senkte. Sie hatte in Wirklichkeit noch nie so eine Geschichte gehört, und die Lippen, die sich zu einem angedeuteten Lächeln öffneten, schienen Mama und ihre phantasievolle Erzählung zu bemitleiden.

»Bitte, Anne Marie, nur heute«, fing ich wieder zu quengeln an, »für dieses Mal, nur für dieses Mal!« Sie blickte mich an, ich fühlte, daß sie gleich nachgeben würde, eine unerwartete Fügsamkeit schien alle Kraft unterhöhlt zu haben und die über den Zähnen erschlafften Lippen wirkten zum ersten Mal unsicher, beinahe erschöpft. »Los, bitte!« Ich wußte schon, daß ich gewinnen würde. Anne Marie hatte kaum Zeit, den Geldbeutel herauszuziehen, da lief ich schon mitten auf die Allee, wo die Luftballontraube schwankte.

»Rot«, hatte ich gesagt, »einen roten will ich.« Nachdem sie ihn mir ans Handgelenk gebunden hatte, schlug Anne Marie zwei oder drei Mal lachend dagegen: Sie trug keinen Hut, und in ihrem Äußeren lag etwas Nachlässiges, als hätte sie beim Anziehen die Kleidungsstücke wahllos aus der Schublade gezogen. Eines ihrer Schuhbänder hatte sich gelöst und streifte den Kies. Blütenstaubschwaden wehten um sie herum und ihre Gesten wirkten flüchtig und zerstreut. Fest hielt ich meinen Luftballon im Arm, aber mein zu leichter Sieg wurde getrübt durch eine Atmosphäre der Abrüstung, der Demobilisierung.

Durch den Luftballon betrachtete ich sie, alles war weinrot: ihr Gesicht, ihr Körper, die Bank, auf die sie sich gesetzt hatte. Sie sagte mir, ich solle den Mantel ausziehen, es sei warm. Durch die kompakte Weichheit des Gummis hörte ich ihre Worte kaum, sondern las sie an der Bewegung der violetten Lippen ab. Ich umarmte sie und gab ihr durch den Ballon hindurch kleine Küsse, ließ die Finger über die gespannte, leicht klebrige Oberfläche gleiten, was ein skurriles Fiepen verursachte, wie von Clownstrompeten. Doch innen wirkte eine geheimnisvolle, trübe, von Sonnenblitzen durchzuckte Substanz, die alles fern und verdorben erscheinen ließ: das im Schatten auf dem Trockenen liegende Boot, die in Fächern aus Licht paddelnden Enten, das Bächlein, auf dem schiefe Papierbötchen davonschwammen.

Aber zuletzt verleibte ich mir immer wieder sie ein, saugte mit weich geöffnetem Mund an dem Gummi, als wäre Anne Marie trinkbar, so ohne ihr Wissen ertappt, während sie auf einer Bank saß, die Hände locker im Schoß und den leichten Wind in den Haaren. Sie gehörte nur mir: Mir gefiel der Schatten ihres Kinns, ihr kaum nach hinten geneigter Hals. Ich umarmte sie, leckte sie, rief sie durch den Luftballon, doch sie hörte mich nicht und zog ihren Pullover aus, die Arme auf der Bank ausstreckend, mit zurückgeworfenem Kopf. Ohne Strickzeug heute, ohne endgültige Silben: ein großer, violetter, träger Körper. Ein rollender Ball traf ihre Beine, und nach kurzem Zögern schickte sie ihn mit einem Fußtritt zurück, ihr Blick fiel auf die losen Schuhbänder, aber sie ließ sie weiter auf dem Kies schleifen.

Ich ging zu ihr, setzte mich neben sie und zog den *Struwwelpeter* aus ihrer Tasche. Der Luftballon interessierte mich nicht mehr, ich war unruhig. Anne Marie begann zu lesen, während ich an meinem Hutband lutschte und mit der Schuhspitze in den Kieselsteinen scharrte. Sie konnte die Kinderreime längst auswendig, hob die Augen vom Buch und ließ sie zerstreut schweifen. Ich sah die Bilder kaum an, und wenn ich etwas fragte, wartete ich nicht einmal die Antwort ab, vertieft in den Geschmack des Gummibands in meinem Mund. Das war meine Zeremonie, und die Taten des bösen Friederich, der den Fliegen die Flügel ausriß und die Hunde peitschte, waren nur Teil des Einführungsrituals, das ich über mich ergehen lassen mußte. Wenn ich geduldig abwartete, dann nur, um bei Paulinchen anzukommen.

Jedesmal hielt Anne Marie, vielleicht in Erinnerung an meine erste Auflehnung, mit dem Lesen inne, wenn sie an die Stelle kam, und ich wendete stumm die Seiten um und dachte an die Worte von Feuer und Tod, die die deutschen Schriftzeichen bedeuteten. Doch diesmal würde es anders sein; und sobald Paulinchen auftauchte, legte ich die Hand auf die Seite. Eine endgültige, sichere Geste. Ich übertrat eine Regel, erzwang eine neue. Anne Marie war einen Augenblick lang verblüfft, während meine Hand sich verschob, um die Zeilen freizugeben.

≈≈≈≈≈≈≈≈≈≈≈≈≈≈≈≈≈≈≈≈≈≈≈≈≈≈≈≈≈≈≈≈≈≈≈≈≈≈

»Paulinchen war allein zu Haus / Die Eltern waren beide aus ...« Anne Marie fügte sich, die Zeichen wurden wieder zu Wörtern. Ich betrachtete die zerknitterten Bilder, die Spuren eines schon sehr fernen Vormittags trugen, ein Labyrinth von Tagen trennte jene Tränen von der Bank, auf der wir jetzt saßen, und mit trockenen, weitgeöffneten Augen musterte ich das lange brennende Zündholz, das Paulinchen in glücklichem Spiel schwenkte. Erneut lauschte ich ihrer Geschichte, während die Flammen den Rock ergriffen, hoch und rötlich das Haar erfaßten und sie die Arme hob in Erwartung einer Hilfe, die niemand ihr je geben würde. *»Es brennt die Hand, es brennt das Haar / Es brennt das ganze Kind sogar!«* Ohne mit der Wimper zu zucken starrte ich auf den aufgerissenen Mund, dessen Schrei im Feuer erstickte, und verweilte dann stumm bei den beiden kleinen Pantoffeln unten auf der Seite.

Der Blick ist zu Anne Marie zurückgekehrt, zur Schwellung ihres Busens unter der hellen Bluse, zu den leicht gespreizten Knien. Zu jenem Körper, dem die Wörter aller Geschichten der Welt eingeprägt sind. Die Wangen, die Stirn, selbst Anne Maries Teint sind so durchdrungen, daß Paulinchen nicht losgelöst von ihr existieren kann, als nähme Anne Marie sie an der Hand mit auf unseren Spaziergang in die Villa Borghese. Oder setzte sie auf eines der blauen Stühlchen in unserem Zimmer, die große Streichholzschachtel im Schoß.

≈≈≈

Wenn ich mich mit jenem kleinen Mädchen unterhalten, eine Beziehung, irgendeine, hätte herstellen können, dann hätte ich vielleicht einen Grund für ihr Schicksal und im Mitleid Trost und Frieden finden können. Hätte dem Feuer seinen grauenhaften Gestank nach verbranntem Fleisch nehmen und auch Paulinchen einen Platz geben können auf jener Wiese der toten Engelchen, wo die Gräber kleine weiße Steine sind und die Kinder Leinenhemdchen tragen. Doch sie begleitete unsere Tage als stumme Präsenz, wie eine »Unberührbare«, streifte die Gesten und die Wörter, ohne je durchzudringen, Rock und Haare vom Feuer gezeichnet wie vom Schandmal einer ansteckenden Krankheit.

Auch jetzt, während ich neben Anne Marie auf der Bank saß, gefror jedes Gefühl angesichts des offenen Buchs, die Wiederholung wirkte nicht wie ein Talisman, der mich von der Grausamkeit der Worte befreite. Als eine Haut abgeschält war, fand ich darunter weder Mitleid noch Erbarmen, sondern immer noch die gleiche verhängnisvolle, unerbittliche Logik. Und den Blick starr auf Anne Marie gerichtet, wartete ich auf einen Wink, ein Wort, ich wußte selbst nicht, was.

Hatte sie nie etwas bemerkt? Von der Wiederholung der Handlungen angeödeter Priester, lehnte sie sich an die Bank, der Rücken drängte sich durch die grünen Holzlatten; nichts wies darauf hin, daß sie sich bewußt war, was ihre Körperhaltung ausdrückte, ihr der Sonne entgegengehobenes Gesicht. Willst du, daß wir weiterlesen? fragte sie und wartete nur darauf, daß ich ihr das Buch zurückgab, um die Geschichte des Häschens mit der Brille zu beginnen, und ihr Atem, zufrieden über die Frühlingsluft, die Bäume und den schönen Tag, kümmerte sich wenig um mich oder Paulinchen. In jenem Augenblick, während ich versuchte, ein törichtes Lächeln der Überlegenheit aufzusetzen, haßte ich mich wegen ihrer Gleichgültigkeit.

Ich hatte das Buch auf den Boden gleiten lassen, der Luftballon flatterte, und ich spürte den leichten Druck der Schnur, mit der er an mein Handgelenk gebunden war. Der Verkäufer hatte sich entfernt, doch andere Luftballons, von anderen Kindern, belebten den Platz. Taub für ihre Stimme, die mich ermahnte, das Buch aufzuheben, hatte ich dann mit der Schuhspitze eine Grenzlinie gezogen, als sei mein nichtssagendes Bild, so wie Anne Marie es mir spiegelte, für alle sichtbar. Und ohne mich zu rühren hatte ich gewartet, bis sie den Rücken von der Bank löste und sich bückte, um es aufzuheben. Resigniert, Anne Marie, es war ja sowieso vorbei.

Vergängliche, rasch ausgekostete und nie genug genossene Freude, war der Luftballon am nächsten Morgen eine schlaffe Gummiblase, die von den Messingstäben des Bettes herabhing, kaum bewegt vom unmerklichen Luftzug. Ich stieß ihn an, und der Luftballon schwebte einen Moment, bevor er wieder träge herunterfiel. Ich hauchte darauf in der Hoffnung, seine verstorbene Seele wieder zum Leben zu erwecken, barfuß, während Sonnenstreifen durch die Ritzen der Jalousie drangen. Dann riß Anne Marie das Fenster auf, Startzeichen für eine hereinbrechende Revolution des Lichts, die meinen armen Luftballon überrollte, als er sich in einer letzten Zuckung erhob. Ich stand auf dem Bett, während sie mich anzog, und sah, wie auch im Haus gegenüber Jalousien lärmend nach oben glitten für andere Kinder, die sich darauf vorbereiteten, in die Schule zu gehen. Zuletzt kämmte mich Anne Marie mit kurzen schmerzhaften Pausen, wenn der Kamm auf Knoten in den Haaren stieß.

Der Milchkaffee drängte, bleich, mit einer welligen Milchhaut darauf, die ich pustend an den Tassenrand schob. Schon wartete Francesco, mein Körbchen mit dem Pausenbrot in der Hand, und Anne Marie steckte mir ein sauberes Taschentuch zu; und gegen jede Regel gab sie mir einen raschen Morgenkuß. Ich erwiderte ihn überschwenglich, einen Augenblick mit ihren Lippen vereint, im herrlichen Sonnenschein auf den zerwühlten Betten.

Doch kaum war ich über die Schwelle getreten, sah

≈≈≈≈≈≈≈≈≈≈≈≈≈≈≈≈≈≈≈≈≈≈≈≈≈≈≈≈≈≈≈≈≈≈≈≈≈≈≈

ich ihn: groß, rechteckig, aus braunem Kunstleder. Er war mit einem Strick zugebunden und drückte sich flach an die Wand im Flur, wie ein gehetztes Tier, das keinen Ausweg mehr sieht und versucht, sich im Schatten zu tarnen. Nur die Reißverschlüsse verrieten ihn, funkelnde Augen aus Blech. Ich drehte mich um: Gebückt, um die Betten abzuziehen, trällerte Anne Marie vor sich hin, während die hellen, kräftigen Arme die Laken von der Matratze rissen. Doch bei jeder Bewegung spitzte ihr lavendelblaues Wollkleid unter dem Saum der Kittelschürze hervor. Auch ihre Schuhe aus Ziegenleder sah ich jetzt deutlich, als sie von einer Seite des Bettes zur anderen ging.

Schreiend vor Bauchweh hatte ich mich auf den Boden geworfen. Ich wand mich und strampelte, die aus der Klammer geschlüpften Haare fielen mir übers Gesicht, ich schmeckte sie mit dem Speichel im Mund. In einem eisigen Luftzug kam Italia atemlos aus dem Wohnzimmer gelaufen und ihre fahle, noch fahlere Haut machte ihren Schrecken dramatisch. Aus dem Bett geholt, beugte Mama sich über mich, das Gesicht wie ein Siegel von den seltsamen Hieroglyphen des Kissens gezeichnet. Letizia, Francesco. Anne Marie näherte sich nicht, ausbruchartig flammte der Dialog zwischen ihr und mir auf, über die Köpfe hinweg, die uns trennten: Sie befahl mir aufzustehen, aufzuhören mit dem Theater, wenn mir wirklich schlecht sei, solle ich ins Bad gehen und alles werde wieder gut. Ich trat nach dem Koffer, er dröhnte dumpf, er war voll. »Ich kann nicht in die Schule gehen«, brüllte ich, so laut ich noch konnte, »mir ist schlecht, so schlecht …«, und während das Wort Schule eine Abkühlung der allgemeinen Fürsorglichkeit hervorrief, setzte ich mich auf, um sie besser zu sehen: Da stand sie, die Laken noch im Arm, und aus der aufgeknöpften Kittelschürze sah ihr Wollkleid nun ganz schamlos hervor. Es war, als sähe ich sie schon reisefertig, mit Häkelmütze, den Koffer in der Hand.

Mit geschlossenen Augen hatte ich mich wieder zu Boden fallen lassen. »Schluß!« hatte sie entschieden gesagt. »Sie hat nichts!« Sie hatten ihr Platz gemacht: Schweißgebadet lag ich da, die Haare im Mund. »Steh auf«, befahl sie mir. »Auf!« und die tiefer gewordene, rauhe Stimme verwandelte sich in das dumpfe Rollen der abgeschnittenen Köpfe in der Kommode, in den Schrei, der Paulinchen im Hals steckengeblieben war. Ich hatte mich nicht gerührt: Riesig stand sie über mir, fing das strahlende Licht des Tages ein, und jeder Ausdruck schien verloren in ihrem Gesicht, halb Frau, halb Tier. Laßt sie mich nie wiedersehen. Aber schon vernebelten sich ihre Züge in einer Röte, die sie fleckig überfiel, sich wie Lepra auf ihrem großen Gesicht ausbreitete.

Francesco hatte mich dann hochgezogen und ver-

≈≈

sucht, meine zerknitterte Uniform wieder zu glätten: »Komm, wir sind spät dran, sonst schimpfen die Nonnen ...«

Nachbemerkung der Autorin

Dieses Buch ist vor langer Zeit entstanden, hat aber erst jetzt seine endgültige Form gefunden. Die Schattenbereiche sind verschwunden und die Knoten der Erstfassung haben sich gelöst, so daß die Erzählung jetzt freier fließt; so scheint es mir jedenfalls.

Als es zum erstenmal veröffentlicht wurde, machte ich gerade eine sehr schwierige Zeit durch und mußte ohnmächtig zusehen, daß ihm nur eine kurze Lebensdauer beschert war. Doch wenn ich gefragt wurde, an welchem meiner Romane ich am meisten hänge, fiel es mir immer als erstes ein. Ich wußte, daß ich eines Tages darauf zurückkommen würde. Ich wußte nicht, wann, nicht, wie, ich wußte nur, daß ich noch nicht damit fertig war und versuchen würde, es aus dem Limbus der ungetauft Verstorbenen zu erlösen.

Ich habe es in einem Atemzug geschrieben, in einem Sommer am Meer. Unter einige im engeren Sinn autobiographische Passagen mischen sich erfundene Episoden und Stimmen, Erinnerung und Phantasie galoppierten gemeinsam, um die kurze Geschichte einer unglücklichen Leidenschaft zu erzählen. Einer unmöglichen Liebe, von der nur wenige Spuren geblieben waren: ein Koffer, das Knarren eines Bettes mit Messingstäben, ein Täßchen aus Zelluloid. Winzige Fundstücke, von denen ich ausgegangen bin mit der unermüdlichen, lügnerischen Manie der *Fiction*-Liebhaber.

Die Jahre, die auf jenen Sommer folgten, haben dann den Plan klarer hervortreten lassen. Die Emotionen und die Unordnung der Gefühle haben sich geklärt, die Konturen, die das kleine leidenschaftliche Universum eines Kindes in der zweiten Hälfte der dreißiger Jahre begrenzen, sind deutlicher geworden.

Bin ich dieses Kind? Ja und nein, denn es ist ein Geschöpf, das aus einer Vermischung entstanden ist wie alle Romangestalten.

Und ich habe es auch geplündert, als ich *Via Flaminia 21* schreiben wollte, weil ich einige autobiographische Details brauchte, also habe ich sie ohne große Skrupel entwendet. Auch wenn dieses Buch vielleicht eine zusätzliche Dimension, einen etwas phantastischen Aspekt des kleinen Mädchens in dem Zimmer mit den blauen Stühlchen zeigt: eine Doppelgängerin, einen Zwilling, betrachtet im Spiel der Spiegel.

Die Geschichte des Pappkoffers im Flur und die von Paulinchen gehören zu meiner Erinnerung; aber sie gehören zwei verschiedenen Momenten meiner Kindheit an.

So ist dieses Buch zwischen zwei zeitlich doppelt entfernten Bereichen situiert. Ein zeitlicher Abstand trennt die beiden Schlüsselerlebnisse in der Geschichte, ein anderer die beiden Niederschriften. Denn die Erstveröffentlichung von *La porta dell'acqua* erfolgte zwar 1976, doch das Buch war schon fertig, als es mir noch nicht gelungen war, etwas zu veröffentlichen, im blinden Vertrauen auf meine Zukunft als Schriftstellerin. Zu einer Zeit, als ich mir noch nicht der fahlen Farben bewußt war, die das Glücklichsein vom Unglücklichsein trennen, als ich mich nie fragte, ob ich glücklich war oder nicht, weil ich es wahrscheinlich war, im Sinn jenes blechernen Glücks, das Optimismus und Jugend begleitet und das Unglücklichsein auf die Traurigkeit oder das Weinen eines Tages beschränkt. Auch wenn jenes kleine Mädchen, und die Erwachsene, die wie in Trance davon erzählte, die Silhouetten spürte, die über ihm schwebten wie der Schatten der Raben über den Tagen, die das Verlassenwerden ankündigten. Also liegt zwischen den zwei zeitlichen Momenten des Buches ein Meer von Leben und ein Erdbeben der Gefühle.

Unversehrt bleiben die beiden tragenden Säulen: der Pappkoffer im Flur und das grausame Schicksal von Paulinchen.

Aber sie gehören zu zwei verschiedenen Phasen

meiner Kindheit. Anne Marie, die mir zum erstenmal die Geschichte von Paulinchen vorlas und mir Grimms Märchen erzählte, kam *nachher*, zusammen mit der deutschen Sprache. Als der Riß schon geschehen war.

Das Mädchen, das mit dem Pappkoffer fortging, stammte aus Livorno, und das bißchen Toskanische, das in meiner Art zu sprechen und zu schreiben übriggeblieben ist, habe ich wahrscheinlich von ihr. Sie war »meine«, bis ich viereinhalb wurde. Ich weiß es genau, weil ich in diesem Alter schwer erkrankte, fast gestorben wäre, und sie war nicht mehr da. Ich schlief neben ihr, ging mit ihr spazieren, spielte mit ihr, trank morgens im Bett Kaffee mit ihr, sie einen echten, ich einen Malzkaffee. Sie goß ihn mir in ein Täßchen aus erbsengrünem Zelluloid mit integrierter Untertasse, während ich in der Wärme der Decken neben ihr saß. Das Täßchen hatte sie extra für mich gekauft. Genau wie die Überraschungen, die sie mir unters Kopfkissen legte, wenn sie von ihren freien Nachmittagen heimkam, damit ich, wenn ich im Schlaf daran stieß, die Gewißheit hatte, daß sie zurück war.

Ich habe nie erfahren, warum sie weggegangen ist. Ob sie fortgeschickt wurde oder ob es ihre eigene Entscheidung war. Jahrelang habe ich keine Fragen gestellt, dann war es zu spät, niemand konnte oder wollte sich erinnern. Ich erinnere mich nur an den Koffer und meine Verzweiflung. Einige Jahre später, es war Sommer und der Krieg war schon ausgebrochen, stieg sie, während unser Zug in Livorno Aufenthalt hatte, zu, um mir guten Tag zu sagen. Aber die Frau, die vor mir stand, mager und mit gezeichnetem Gesicht, war eine Unbekannte, eine Fremde. Ich versuchte, höflich zu lächeln: Aber mein Herz war wie Eis.

Dezember 1999

≈≈≈≈≈≈≈≈≈≈≈≈≈≈≈≈≈≈≈≈≈≈≈≈≈≈≈≈≈≈≈≈≈≈≈≈≈≈≈

PIPER

Rosetta Loy

Via Flaminia 21

Meine Kindheit im faschistischen Italien. Aus dem Italienischen von Maja Pflug. 176 Seiten. Geb.

Rosetta Loy versetzt uns zurück in die Jahre ihrer Kindheit, als ihre katholische, großbürgerliche Familie sich zwar nicht offen zum Faschismus bekannte, aber, wie so viele andere »unpolitische« Familien, die antisemitischen Hetzkampagnen hinnahm, ohne sich des Ausmaßes der bevorstehenden Tragödie bewußt zu sein.
Das schöne, herrschaftliche Haus in Rom, die Ferien in den Bergen – Bilder einer unbeschwerten, harmonischen Kindheit, die jedoch bald überschattet werden von beunruhigenden Ereignissen: Was geschah mit der feinen Signora Della Seta, der Nachbarin aus dem ersen Stock? Und was mit dem kleinen Giorgio Levi, mit dem Rosettas Bruder immer Fußball spielte?
Rosetta Loy verschränkt auf eindrucksvolle Weise ihre persönlichen Erinnerungen mit der großen Geschichte. Anhand von erstaunlichen Zitaten aus historischen Dokumenten spürt die Autorin eine schockierende Wahrheit auf: Niemand in Italien lehnte sich gegen den nationalsozialistischen Wahnsinn auf.

PIPER

Andrea De Carlo

Die Laune eines Augenblicks

Roman. Aus dem Italienischen von Renate Heimbucher.
265 Seiten. Geb.

Ein dramatischer Unfall, die Begegnung mit einer ungewöhnlichen Frau – und von einem Moment zum andern weiß Luca: er muß sein Leben ändern.

»Kennst du jemanden, der glücklich ist? Der pure Freude darüber empfindet, zu genau diesem Zeitpunkt an genau diesem Ort zu sein?« Ob dieser Ort womöglich Albertas chaotische Küche ist, in der der etwas verwirrte Luca eben einen Topf Spaghettiwasser aufsetzt? Alberta jedenfalls war wenige Stunden zuvor Lucas Retterin, die Dea ex machina gewesen, die ihn in ihrem verbeulten roten Kastenwagen vom Straßenrand aufgelesen hatte – nachdem er bei einem Reitunfall dramatisch gestürzt war. Es ist diese lebensgefährliche Situation, die Luca die Augen öffnet, die sein Bewußtsein unwiederbringlich verändert. Was hält ihn eigentlich noch bei seiner langjährigen Freundin Anna, was ist aus seinen Aussteigerträumen geworden? Intuitiv folgt Luca der Eingebung eines Augenblicks…

»Nie sind die Frauenfiguren De Carlo besser geglückt als hier.«
Corriere della Sera

Julia Alvarez
Im Namen der Salomé

Roman. Aus dem Amerikanischen von Carina von Enzenberg. 400 Seiten. Geb.

Julia Alvarez verknüpft die Schicksale zweier engagierter Frauen zu einer poetischen Familiensaga: Das dramatische Leben der karibischen Dichterin Salomé Urena, und das ihrer Tochter Camila, die sich im Exil auf die Suche nach den Beweggründen des Herzens macht.
Sie war ein verträumtes junges Mädchen mit einer unbändigen Liebe für ihr schönes, armes, von machthungrigen Diktatoren geschundenes Land. Als Salomé begann, es in ihren Gedichten zu besingen, kam das einer Revolution gleich: Sie war eine Frau, noch dazu eine Mulattin, und sie hatte den Mut, die Dinge beim Namen zu nennen. Und dies in der spanischen Karibik, im Jahr 1870. Um endlich auch die »wilde Stille in ihrem Herzen« zu füllen, heiratete Salomé Urena mit Dreißig den um viele Jahre jüngeren begabten, aber unsteten Pancho, um dessen Liebe sie lange kämpfen mußte... Salomé starb, schwer lungenkrank, als ihr jüngstes Töchterchen Camila drei Jahre alt war. Es ist Camila, die viele Jahre später, im nordamerikanischen Exil , das Schicksal ihrer berühmten, unglücklichen, von ihr kaum gekannten Mutter rekonstruiert.

PIPER

Alessandro Baricco
Novecento

Die Legende vom Ozeanpianisten. Aus dem Italienischen von Erika Cristiani. 83 Seiten. Geb.

Auf dem luxuriösen Ozeandampfer Virginian, der zu Beginn des Jahrhunderts zwischen der Alten und Neuen Welt hin- und herpendelt, wird ein ausgesetztes Baby gefunden, dem die Matrosen den Namen seines Geburtsjahres geben: Novecento, Neunzehnhundert. Noch ahnt keiner, welch seltsames Schicksal dieses Findelkind haben wird. Novecento wird nämlich zeit seines Lebens nicht mehr von Bord gehen: Er wird der sagenhafte Ozeanpianist, ein Vorläufer des Jazz, eine lebende Legende.
Die poetische Sprache von »Seide« und die Phantasie von »Land aus Glas« verbinden sich in dieser wundervollen Geschichte um Musik, Leidenschaft und die Macht der Freundschaft. Der heimatlose Pianist Novecento ist ein Emblem unserer Epoche, sein Schicksal eine Metapher für eine Reise ohne Ende. Der Ozeandampfer zieht durch die Geschichte unseres Jahrhunderts, doch im Hintergrund swingt und summt es dazu im Rhythmus des Jazz, daß es eine Lust ist.

PIPER

Alessandro Baricco

Oceano Mare

Das Märchen vom Wesen des Meeres. Aus dem Italienischen von Erika Cristiani. 279 Seiten. Geb.

Ein einsamer Maler, der mit Meerwasser das Meer täglich neu zu malen beginnt. Ein skurriler Wissenschaftler, der für eine Enzyklopädie die Grenzen des Ozeans festlegen will. Ein junges Mädchen, das zu zart ist, um zu leben, und zu lebendig, um zu sterben. Eine schöne Frau, die in der Abgeschiedenheit des Strandes von der Liebe genesen will. Sie gehören zu der illustren Gästeschar, die Alessandro Baricco in der Pension Almayer irgendwo am Meer, außerhalb jeder Zeit, versammelt hat. Die philosophisch anregenden Gespräche der hier Gestrandeten und die geheimnisvolle Atmosphäre dieses symbolträchtigen Mikrokosmos üben auf den Leser eine einmalige magische Anziehungskraft aus. »Oceano Mare« ist ein Buch voll Poesie und Weisheit. Ein Buch über die Sehnsucht nach Erkenntnis und Wahrheit, Erfüllung und Vollkommenheit. Ein Buch über Genies, Träumer und Sinnsucher.

PIPER

Jesús Díaz
Erzähl mir von Kuba

Roman. Aus dem Spanischen von Klaus Laabs.
301 Seiten. Geb.

Der kubanische Zahnarzt Stalin Martínez sitzt sechs Tage lang auf der Dachterrasse seines Bruders in Miami, ohne Verpflegung und ohne Schutz vor der unerbittlichen Sonne, um das Aussehen eines Bootsflüchtlings zu erlangen und die amerikanischen Behörden glauben zu machen, er sei auf einem Floß aus seiner Heimat geflohen. In seiner Einsamkeit durchlebt er noch einmal die Odyssee der vergangenen Wochen, die damit begann, daß seine viel zu attraktive Frau sich mit einem Kuß von dem Taxifahrer Jesús verabschiedete. Einziger Balsam für Martínez' verlassene Seele ist die Mulattin Miriam, mit deren Hilfe er sich schweren Herzens seinem geliebten, verhaßten Kuba stellt…

»Die Rhythmen von Rumba und Mambo, Bolero und Son, die gesamte karibische Salsa, haben den Fluß der literarischen Sprache von Jesús Díaz geprägt.«
Frankfurter Allgemeine Zeitung

SERIE PIPER

Rosetta Loy

Winterträume

Roman. Aus dem Italienischen von Maja Pflug. 274 Seiten. SP 2392

»Musterbeispiel eines Frauenromans – nicht, weil er von einer Frau geschrieben wurde, sondern weil er das Leben und die Welt aus einem unverwechselbar weiblichen Blickwinkel betrachtet... Rosetta Loy hat ein Buch geschrieben, das in die Literaturgeschichte eingehen wird.«

Frankfurter Allgemeine

Straßen aus Staub

Roman. Aus dem Italienischen von Maja Pflug. 304 Seiten. SP 2564

Ein altes Haus im Piemont Ende des achtzehnten Jahrhunderts, zweistöckig, mit Nußbaum, Brunnen und Allee, mit Heuschober und Ställen. Hier spielt die Geschichte, die vom Leben, Lieben und Sterben einer Familie erzählt. Das Haus wird neu gestrichen, ist hell und voller Erwartung, als Giuseppe Maria ins Haus holt. Beklemmende Stille breitet sich aus, als Fantina, Marias Schwester, drei Jahre lang an Giuseppes Bett sitzt und ihn pflegt, bis er stirbt. Das große Familienepos nimmt sein Lauf über drei Generationer sinnenfroh und tragisch, sk ril und mitreißend.

Schokolade bei Hanselmann

Roman. Aus dem Italienischen von Maja Pflug. 288 Seiten. SP 2630

Hauptschauplatz von Rose Loys meisterhaftem Roman eine elegante Villa in den En diner Bergen, in der sich w rend des Zweiten Weltkri ein leidenschaftliches Famili drama abspielt. Die schör Halbschwestern Isabella u Margot lieben beide denselb Mann, den charismatisch jüdischen Wissenschaftler turo.

»In den Romanen und Erz lungen von Rosetta Loy dür die Ereignisse sich entfalten dem weiten Raum, den die A torin für sie erschafft. Raum, der gleichermaßen Pl hat für Verfolgung und Tod für einen Blick, der zwei M schen entzündet.«

Süddeutsche Zeitung

Im Ungewissen der Nacht

Erzählungen. Aus dem Italienischen von Maja Pflug. 236 Seiten. SP 2370